RESCATADA POR EL JEQUE
KATE HEWITT

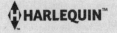

Editado por Harlequin Ibérica.
Una división de HarperCollins Ibérica, S.A.
Núñez de Balboa, 56
28001 Madrid

© 2014 Kate Hewitt
© 2018 Harlequin Ibérica, una división de HarperCollins Ibérica, S.A.
Rescatada por el jeque, n.º 2601 - 7.2.18
Título original: Commanded by the Sheikh
Publicada originalmente por Mills & Boon®, Ltd., Londres.

I.S.B.N.: 978-84-9170-585-7
Depósito legal: M-33518-2017
Impresión en CPI (Barcelona)
Fecha impresion para Argentina: 6.8.18
Distribuidor exclusivo para España: LOGISTA
Distribuidores para México: CODIPLYRSA y Despacho Flores
Distribuidores para Argentina: Interior, DGP, S.A. Alvarado 2118.
Cap. Fed./Buenos Aires y Gran Buenos Aires, VACCARO HNOS.

Capítulo 1

TE NECESITO, Olivia.

Olivia Ellis reprimió rápidamente la explosión de sentimientos que le causaron las palabras del jeque Aziz al Bakir. Por supuesto que la necesitaba. La necesitaba para cambiarle las sábanas, sacarle brillo a la plata y mantener inmaculada su vivienda de París.

Pero eso no explicaba qué hacía ella allí, en el palacio real de Kadar.

Menos de ocho horas antes, uno de los hombres de Aziz le había ordenado que lo acompañara en el jet real a Siyad, la capital de Kadar, donde Aziz acababa de ascender al trono.

Olivia había ido contra su voluntad, ya que le gustaba la vida tranquila que llevaba en París: por las mañanas tomaba café con la portera de la casa de enfrente; por las tardes, se dedicaba a cuidar las rosas del jardín. Era una vida sin sobresaltos ni pasiones, pero era la suya y la hacía feliz. Le bastaba con eso, y no deseaba que cambiase.

–¿Para qué me necesita, Majestad? –preguntó. Se había pasado todo el vuelo a Kadar imaginando argumentos para seguir en París. Necesitaba la seguridad y comodidad de su vida allí.

–Teniendo en cuenta las circunstancias, creo que debieras llamarme Aziz –dijo él con una sonrisa encantadora. Sin embargo, Olivia se esforzó en no dejarse impresionar. Siempre había observado el encanto de Aziz a distancia, había oído sus dulces palabras dirigidas a las mujeres, había recogido la ropa interior tirada en la escalera y servido café a las mujeres que salían de su cama antes de desayunar, despeinadas y con los labios hinchados.

Se consideraba inmune al «caballero playboy», como lo apodaban en la prensa amarilla. Era un oxímoron, pensó, pero admitía que Aziz poseía cierto carisma.

—Muy bien, Aziz, ¿por qué me necesitas?

Era muy guapo. Lo reconocía como reconocía que el *David* de Miguel Ángel era una escultura magnífica: se trataba simplemente de una apreciación de la innegable belleza. De todos modos, a ella no le quedaba nada en su interior para sentir nada más. Ni por Aziz ni por nadie.

Observó el cabello negro que le caía descuidadamente sobre la frente, los ojos grises y los labios carnosos que podían curvarse en una sonrisa seductora.

En cuanto a su cuerpo... Era poderoso, sin una gota de grasa, puro músculo.

Aziz se volvió hacia la ventana dándole parcialmente la espalda. Olivia esperó.

—Llevas seis años a mi servicio, ¿verdad?

—Así es.

—Y estoy muy contento con tu dedicación.

Ella se puso tensa porque pensó que la iba a despedir: «Pero me temo que ya no te necesito».

—Me alegra saberlo, Majestad.

—Aziz, recuérdalo.

—Teniendo en cuenta su posición, no me parece adecuado tutearlo.

—¿Y si te lo ordeno mediante un decreto? —Aziz se volvió y enarcó las cejas. Era evidente que se burlaba de ella.

—Si me lo ordena, obedeceré, desde luego.

—Sé que lo harás. Y eso es precisamente lo que necesito que hagas hoy.

Olivia esperó dominada por la inquietud. ¿Para qué la necesitaba en Kadar? No le gustaban las sorpresas ni la incertidumbre. Llevaba seis años construyendo algo seguro, pequeño y aceptable, y la aterrorizaba perderlo. Perderse.

—En París has hecho un trabajo admirable en mi casa. Aquí tu cometido será distinto, aunque corto, y espero que seas capaz de llevarlo a cabo.

Ella no sabía a qué se refería, pero, si era corto, esperaba poder volver a París.

—Eso espero, Majes..., Aziz.

—¿Ves como aprendes deprisa? —Aziz sonrió.

—Sigo sin entender qué hago aquí —observó ella con una sonrisa fría y profesional.

—Todo a su tiempo —contestó Aziz antes de dirigirse a un escritorio de nogal. Apretó un botón que había en un lateral del mismo y, al cabo de unos segundos, llamaron a la puerta.

—Adelante —dijo Aziz. Y entró el mismo hombre que había escoltado a Olivia a la habitación.

—¿Majestad?

—¿Qué te parece, Malik? ¿Servirá?

Malik miró a Olivia.

—El cabello...

—Se puede arreglar fácilmente —apuntó Aziz.

—¿Los ojos?

—No hacen falta.

—Tiene la altura adecuada —afirmó Malik asintiendo lentamente—. ¿Es discreta?

—Totalmente.

—Entonces, creo que puede ser una posibilidad.

—Es más que una posibilidad, Malik. Es una necesidad. Voy a dar una rueda de prensa dentro de una hora.

–Una hora... No hay tiempo.

–Tiene que haberlo. Sabes que no puedo arriesgarme a que aumente la inestabilidad –Olivia observó que la expresión de Aziz se endurecía y que se transformaba en alguien completamente distinto del risueño y despreocupado playboy que conocía–. En estos momentos, un rumor sería como una cerilla encendida. Podría arder todo.

–En efecto, Majestad. Iniciaré los preparativos.

–Gracias.

Malik se fue y Olivia miró a Aziz.

–¿Qué es todo esto?

–Discúlpame por hablar así con Malik. Supongo que tu confusión habrá aumentado.

–Has acertado –le espetó ella, disgustada por la forma en que los dos hombres habían hablado de ella, como si fuera un objeto. Aunque fuera el ama de llaves de Aziz, no era una posesión suya y no iba a permitir que otra persona volviera a controlar lo que hacía.

–Haya paz, Olivia. Tú y yo no hubiéramos seguido hablando si Malik no te hubiera dado su aprobación.

–¿Para qué?

–Supongo que no conoces los términos del testamento de mi padre.

–No, por supuesto que desconozco esa información.

–Podía haberse filtrado –apuntó él con un gracioso encogimiento de hombros–. Ha habido rumores de lo que exige el testamento.

–No hago caso de los rumores –ni siquiera leía revistas del corazón.

–¿Sabes que me he comprometido con Elena, reina de Talía?

–Desde luego –el compromiso se había anunciado la semana anterior. Olivia sabía que la boda se celebraría en Kadar al cabo de pocos días.

–Puede que te hayas preguntado por qué nos comprometimos con tanta rapidez.

Olivia se encogió de hombros. Aziz era un playboy. Lo había comprobado por las mujeres que llevaba a su casa en París.

–Supongo que has considerado necesario casarte ahora que eres jeque –dijo ella. Aziz soltó una carcajada.

–Podría explicarse así –Aziz volvió a mirar por la ventana apretando los labios–. Mi padre nunca estaba de acuerdo con mis decisiones –dijo al cabo de unos segundos–. Ni conmigo como persona. Sospecho que puso determinadas condiciones en su testamento para que me quedara en Kadar y siguiera las viejas tradiciones. O puede que solo quisiera castigarme.

A pesar de que hablaba como si se tratara de algo agradable o trivial, Olivia observó una expresión fría, o tal vez dolida, en sus ojos.

–¿Qué condiciones?

–Para seguir siendo jeque, debo casarme en el plazo de las seis semanas posteriores a la muerte de mi padre –dijo él con amargura.

–Ya ha pasado más de un mes.

–Exactamente, Olivia: cinco semanas y cuatro días, para ser exactos. Y mi boda con Elena se ha fijado para pasado mañana.

–Entonces te casarás dentro del plazo y no habrá problemas.

–Pero hay un gran problema: Elena ha desaparecido.

–¿Que ha desaparecido?

–Un insurgente la secuestró hace dos días.

Olivia ahogó un grito y trató de recobrar la compostura.

—No tenía ni idea de que esas cosas siguieran sucediendo en un país civilizado.

—Te sorprendería lo que puede suceder en cualquier país, cuando se trata del poder; los secretos que se guardan y las mentiras que se cuentan.

En los seis años que Olivia llevaba trabajando para Aziz, él solo parecía lo que dejaba ver en la superficie: un playboy encantador y despreocupado. Pero, en ese momento, Olivia tuvo la impresión de que tenía secretos. Un lado oscuro.

Y ella lo sabía todo de ambas cosas.

—¿Sabes dónde la tiene retenida ese... ese insurgente?

—En algún lugar del desierto, lo más probable.

—¿La estás buscando?

—Claro, por todos los medios a mi alcance. Llevaba cinco años sin volver a Kadar y, de niño, pasaba aquí el menos tiempo posible. La gente no me conoce. Y, si no me conoce, no me será leal hasta que le demuestre lo que valgo, si es que puedo.

—¿A qué te refieres?

—Me refiero a que es muy difícil encontrar a la reina en el desierto. Las tribus beduinas son leales al secuestrador, por lo que le darán refugio. Así que, hasta que encuentre a Elena o llegue a un acuerdo con quien la retiene, tengo que evaluar otras posibilidades.

—¿Cuáles? —preguntó Olivia, aunque tenía la horrible sensación de que ella formaba parte de las mismas.

Aziz le dedicó una radiante sonrisa. Olivia notó que su cuerpo reaccionaba de forma involuntaria y lo contempló no como a su jefe ni como a una persona atractiva, sino como a un hombre. Un hombre deseable.

Reprimió la sorpresa ante semejante reacción inadecuada. Era, evidentemente, una reacción biológica e instintiva que no podía controlar. Creía que había superado esa clase de cosas, pero tal vez su cuerpo no pensara lo mismo.

–¿A qué otras posibilidades te refieres?

–Es importante que nadie sepa que Elena ha desaparecido, porque eso aumentaría aún más la inestabilidad en Kadar.

–¿Aún más?

–Algunas de las tribus del desierto apoyan a ese rebelde, Khalil.

Olivia se preguntó quién sería Khalil.

–¿Por qué lo apoyan? Tú eres el heredero legal.

–Gracias por tu voto de confianza, pero me temo que el asunto es un poco más complicado.

Aziz volvió a hablar en tono ligero, pero ella no se dejó engañar.

–¿Por qué es más complicado? ¿Y qué tengo yo que ver con todo esto?

–Como no puedo hacer público que mi prometida ha desaparecido –dijo él mirándola fijamente–, necesito a otra persona.

A Olivia le pareció que la agarraban por la garganta y apretaban. Durante unos segundos no pudo respirar.

–A otra persona –repitió.

–Sí, Olivia. A otra persona para que sea mi prometida.

–Pero...

–Y ahí es donde intervienes tú –la interrumpió Aziz con un brillo risueño en los ojos. Ella lo miró incrédula y horrorizada–. Necesito que seas mi prometida.

Capítulo 2

A SU COMPETENTE ama de llaves, pensó Aziz desconcertado, parecía que estaba a punto de darle un soponcio. Se tambaleaba ligeramente mientras lo miraba con sus preciosos ojos azules como platos y sus carnosos labios se abrían y formaban una «o».

Era una hermosa mujer, Aziz lo había pensado muchas veces, pero de una belleza serena y contenida. Siempre llevaba el cabello, de color caramelo, recogido. Tenía los ojos azul oscuro, los labios sonrosados y la piel suave. No usaba maquillaje, al menos él no se lo había visto. Tampoco lo necesitaba, sobre todo en aquel momento, en que se había sonrojado desde el cuello hasta la frente. Ella negó con la cabeza y apretó los labios.

—No estoy segura de haberle entendido, Majestad, pero, sea lo que sea, es imposible.

—Para empezar, recuerda que debes llamarme Aziz.

Un destello de cólera apareció en los ojos de Olivia. Él se alegró de que pudiera enfadarse, ya que a menudo se había preguntado cuánta pasión se ocultaba tras su contenida fachada.

Hacía seis años que la conocía, aunque solo la veía pocas veces al año. Sin embargo, solo en contadas ocasiones le había mostrado que tuviera sentimientos profundos: un pañuelo rojo y morado que llevaba un día; otro, una carcajada que había oído procedente de la cocina; otro, verla tocar el piano en el salón y su expresión al hacerlo, como si estuviera virtiendo su alma en la pieza. Aziz había pensado que era un alma que conocía la angustia e incluso el tormento.

Él se había marchado sigilosamente antes de que lo descubriera, ya que sabía que ella se horrorizaría si supiera que la había estado escuchando. Pero se preguntó qué secretos ocultaba bajo su impasible fachada.

Y, sin embargo, era esa impasibilidad la que lo había inducido a elegir a Olivia Ellis para el cometido. Era inteligente, discreta y muy competente. Era lo que necesitaba.

—Voy a decírtelo de otro modo —afirmó Aziz mientras observaba cómo la indignación hacía que el pecho de ella ascendiera y descendiera con fuerza. Llevaba una blusa blanca, el pelo recogido, como siempre, unos pantalones negros y zapatos bajos. Sabía que tenía veintinueve años, pero vestía como una mujer de mediana edad, aunque con estilo. La ropa era de buena calidad y buen corte.

—Dímelo, entonces —Olivia había dominado la cólera. Aziz volvió a ver a la Olivia de siempre, serena y controlada.

—Quiero que seas mi prometida de forma temporal. La sustituta de la reina Elena hasta que la encuentre.

—¿Y para qué necesitas una sustituta?

—Porque quiero disipar los rumores que puedan correr sobre su desaparición. Dentro de una hora voy a dar una rueda de prensa y debemos aparecer juntos en el balcón del palacio.

—¿Y después?

Aziz vaciló levemente.

—Eso será todo.

—¿Eso será todo? —ella lo miró con los ojos entrecerrados–. Si solo necesitas a una mujer para que aparezca contigo en el balcón, seguro que podrías haber encontrado a una de aquí.

–Quería a alguien que conociera y en quien pudiera confiar. Ya te he dicho que llevaba muchos años sin venir a Kadar. Hay pocas personas de quienes pueda fiarme.

–Ni siquiera me parezco a la reina. Ella tiene el cabello oscuro y no medimos lo mismo. Yo soy algo más alta.

–¿Sabes lo que mide la reina Elena? –preguntó él enarcando las cejas.

–Sé lo que mido yo. He visto fotos de ella.

–Nadie va a preocuparse por unos centímetros de más o de menos.

–¿Y el cabello?

–Te lo teñiremos.

–¿En una hora?

–Si es necesario.

Ella lo miró durante unos segundos y él percibió que la tensión crecía en su interior. Sabía que le estaba pidiendo algo inusual. También que tenía que convencerla de que accediera. No quería amenazarla, pero la necesitaba. No conocía a otra mujer tan competente y discreta. Y, en ese momento, lo único que le preocupaba era lograr su objetivo: asegurarse la corona del reino que le correspondía gobernar por herencia, aunque muchos no lo creyeran.

–¿Y si me niego? –preguntó Olivia.

–¿Por qué ibas a hacerlo?

–¿Porque es una locura? –dijo ella sin pizca de humor–. ¿Porque cualquier paparazzi con un teleobjetivo podría darse cuenta de que no soy Elena y publicarlo? Creo que ni siquiera utilizando todo tu encanto podrías librarte de semejante desastre.

—Si eso sucede, yo seré el único responsable. Toda la culpa recaerá sobre mí.

—¿Y crees que yo no seré objeto de habladurías, que todos los aspectos de mi vida no se diseccionarán en la prensa sensacionalista? —el rostro de Olivia se crispó como si semejante posibilidad le causara dolor.

—Si te descubren, cosa que no sucederá, nadie sabrá quién eres.

—¿Crees que no lo averiguarán?

—Posiblemente, pero estamos hablando por hablar. No hay ningún periodista de fuera de aquí. El país lleva años cerrado para la prensa extranjera. Tengo que cambiar ese decreto.

—Pues la prensa de Kadar.

—Siempre ha estado al servicio de la Corona. He pedido que en esta ocasión no se hagan fotos y han accedido. No apruebo cómo están las cosas aquí, pero era la forma de gobernar de mi padre, que continúa.

—¿Vas a hacer las cosas de otro modo ahora que eres jeque? —preguntó ella en tono levemente incrédulo, lo que Aziz entendió, aunque no le hizo gracia.

Solo había demostrado que era un prodigio para hacer números e ir de fiesta por toda Europa. Olivia había comprobado de primera mano su estilo de vida hedonista y había limpiado sus excesos. No podía reprocharle que su capacidad de gobernar bien le produjera cierto escepticismo.

—Lo voy a intentar.

—Y vas a comenzar con esta ridícula mascarada.

—Me temo que es necesario —él volvió a sonreír, pero ella no se inmutó—. Es por una buena causa, Olivia: la estabilidad del país y la seguridad del pueblo.

—¿Por qué ha secuestrado Khalil a la reina Elena? ¿Cómo lo ha hecho? ¿No llevaba ella protección?

Aziz notó que la ira crecía en su interior, pero no sabía contra quién dirigirla: contra Khalil o contra sus propios empleados por no haberse dado cuenta de la amenaza hasta que ya era tarde. Pero se dio cuenta de que estaba enfadado consigo mismo, aunque sabía que no hubiera podido evitar el secuestro. Lo enfurecía no haberlo impedido, no conocer el país ni a su pueblo para poder exigirle lealtad y obediencia o que buscara a Elena en su interminable desierto.

—Khalil es el hijo ilegítimo de la primera esposa de mi padre. Él lo crio como hijo suyo durante siete años, hasta que se enteró de la verdad. Entonces, lo desterró junto a su madre, pero Khalil insiste en que tiene derecho al trono.

—¡Qué horror! —exclamó Olivia—. Desterrado.

—Acabó viviendo rodeado de lujos con su tía, en Estados Unidos. No debes compadecerlo.

—Es evidente que tú no lo haces.

Aziz se limitó a encogerse de hombros. Lo que sentía por Khalil era difícil de explicar, incluso a sí mismo: ira y envidia; pena y amargura. Una mezcla de sentimientos potente e insana.

—Lo reconozco. No me cae muy simpático, teniendo en cuenta que intenta desestabilizar el país y ha secuestrado a mi prometida.

—¿Por qué crees que piensa que tiene derecho al trono?

«Porque todo el mundo lo piensa. Porque mi padre lo adoraba, incluso cuando supo que no era su hijo; incluso contra su propia voluntad», pensó Aziz.

—No estoy seguro de que crea que tiene derecho. Puede que solo se trate de una venganza contra mi padre, al que consideró su padre durante buena parte de su infancia —«y una venganza contra mí por ocupar su lugar», pensó—. Mi padre no era un hombre justo.

Su extraordinario testamento lo prueba de forma in-
contestable.

–Así que Khalil ha secuestrado a Elena para evitar
que os caséis –dijo Olivia mientras él asentía.

Aziz odiaba pensar que Elena estaría sola y asustada
en el desierto. No la conocía muy bien, pero se imaginaba que sería una experiencia terrible para cualquiera,
y sobre todo para alguien cuyos padres habían muerto
en un atentado y que había estado muy sola.

–Si no te casas en el plazo de seis semanas, ¿qué
pasará?

–Que perderé el trono y el título.

–¿Y a quién irían a parar?

–El testamento no lo especifica. Habría que convocar un referendo.

–¿Será el pueblo el que decida quién se convertirá
en jeque?

–Sí.

–Me parece muy democrático –afirmó ella sonriendo.

–Kadar es una monarquía constitucional. La suce-
sión siempre ha sido dinástica. El referendo es, senci-
llamente, la forma de mi padre de ponerme las cosas
muy difíciles.

–Y no quieres obedecerlo.

–No especialmente, pero reconozco que es necesario –se había pasado más de tres semanas intentando
encontrar una forma de escapar al testamento de su
padre. No quería casarse ni que lo forzaran a hacerlo.
Su padre había controlado sus acciones, pensamientos
y deseos demasiado tiempo.

Pero, incluso muerto, seguía controlándolo y ha-
ciéndole daño.

–¿Por qué, entonces, no convocas el referendo?
–preguntó Olivia.

–Porque lo perdería –contestó él en tono ligero, el que llevaba tanto tiempo usando que se había convertido en una segunda piel: el personaje del playboy. Pero hablar de su padre y de la posibilidad de que Khalil fuera jeque porque el pueblo no lo quería a él estaba empezando a resquebrajar el personaje, y temía lo que Olivia pudiera ver–. Son los riesgos de no haber pasado mucho tiempo en Kadar –añadió en tono burlón–. Pero espero ponerle remedio en breve.

–Pero no a tiempo para el referendo.

–Exactamente. Por eso necesito aparecer con mi prometida y asegurar a mi pueblo que todo va bien. Mi padre dejó el país en un estado de agitación política, dividido por las decisiones que tomó hace veinticinco años. Estoy intentando por todos los medios reparar el daño y que reine la paz en Kadar.

–¿Y si no encuentras a la reina?

–La encontraré, pero necesito un poco más de tiempo. Mis hombres la están buscando en el desierto.

Khalil había introducido a un hombre leal a él entre los empleados de Aziz, alguien que le había transmitido a Aziz el mensaje de que el avión de Elena se había retrasado a causa del mal tiempo. Khalil había sobornado al piloto del jet real para que desviara el aparato a una remota zona del desierto, donde, junto con sus hombres, había recibido a Elena cuando esta bajó del avión.

Eso era lo que sabía, a partir del testimonio de dos testigos: el auxiliar de vuelo, que había visto, impotente, a Elena desaparecer en un todoterreno; y una doncella que había visto a uno de los hombres de Aziz merodeando por sitios donde no debiera estar.

Aziz suspiró. Sí, había sido un plan bien llevado a cabo porque Khalil tenía muchos seguidores, a pesar de que había abandonado el país a los siete años y

regresado seis meses antes. La gente recordaba al
niño que había sido el amado hijo del jeque Hashem,
su verdadero hijo.

Aziz era el intruso, el pretendiente.

Siempre lo había sido, desde los cuatro años de
edad, cuando lo llevaron a palacio. Recordaba que el
personal fingía no oír las humildes peticiones de su
madre y que los servían con desprecio. Él estaba desconcertado; su madre, desesperada. Al final, ella se
había recluido en los aposentos femeninos y rara vez
se la veía en público.

Aziz intentó ganarse al personal del palacio, al
pueblo y, sobre todo, a su padre, sin ningún resultado,
sobre todo, en lo que respectaba a su padre. Al final,
dejó de intentarlo.

Solo quedaban cuarenta minutos para la rueda de
prensa. Tenía que convencer a Olivia de que accediera.

—Si no encuentro a Elena, me reuniré con Khalil. Tal
vez podamos negociar —aunque no quería verlo ni hablar con él. El recuerdo de la última vez que se habían
visto le revolvía el estómago. El chico al que él, a los
cuatro años, consideraba su hermanastro lo había mirado como si fuera algo pegajoso y repugnante pegado
a la suela de su zapato. Después, su padre lo había llevado al cuarto de juegos para quedarse con el hijo al
que siempre había favorecido, al que prefería, incluso
después de saber que no era sangre de su sangre.

A pesar de haberlo desterrado, su padre se había
aferrado al recuerdo de Khalil y había vilipendiado al
hijo al que había hecho heredero por necesidad, no
por voluntad propia.

Aziz se obligó a dejar de recordar y se volvió hacia
Olivia.

—De todos modos, no debes preocuparte por nada
de esto. Lo único que te pido es que salgas conmigo

al balcón durante dos minutos. La gente te verá de lejos y se quedará satisfecha.

—¿Cómo estás tan seguro?

—Esperan a Elena y verán a Elena. He anunciado que había llegado esta tarde.

—Cuando lo hice yo.

—Exactamente. La gente espera verla, ya estará en el patio. Dos minutos, Olivia, es lo único que te pido. Después podrás volver a París.

—¿Durante cuánto tiempo?

—¿A qué te refieres?

—¿De verdad vas a necesitar una casa en París y a un ama de llaves cuando te hayas casado y reines en Kadar, suponiendo que encuentres a la reina Elena?

Él la miró durante unos segundos, desconcertado al darse cuenta de que le preocupaba su empleo.

—Mi intención es conservar la casa de París –dijo, a pesar de que ni siquiera se lo había planteado–. Mientras tenga la casa, tendrás trabajo en ella.

Vio la expresión de alivio del rostro de Olivia.

—Entonces, ¿estamos de acuerdo?

Ella negó con la cabeza.

—No...

—Me quedan cuarenta minutos para enfrentarme a las cámaras y los periodistas –Aziz dio un paso hacia ella con las manos extendidas en actitud de ruego y la sonrisa que tantos corazones había conquistado, aunque no el de ella–. Eres mi única esperanza, Olivia, mi salvación. Por favor.

—No exagere, Majestad.

—Aziz.

Ella lo miró durante unos segundos y él percibió en sus ojos el dilema en que se debatía. Después, ella asintió levemente.

—Muy bien –dijo en voz baja–. Lo haré.

Capítulo 3

EN CUESTIÓN de segundos, Malik volvió al salón y Aziz se puso a hablar con él en árabe. Olivia tuvo la sensación de haber entrado en un universo paralelo. ¿Cómo iba a hacerse pasar por la reina Elena?

A pesar de su renuencia a acceder al plan de Aziz, se había dado cuenta de que le convenía hacerlo, ya que su empleo estaba en manos de él. Y, a pesar de que Aziz no la había sobornado ni chantajeado de forma directa, Olivia había entendido el mensaje subyacente: «Haz esto y tendrás trabajo todo el tiempo que quieras».

Y su trabajo y su vida en París era lo único que deseaba y esperaba tener.

No había actuado únicamente de manera interesada, se dijo mientras seguía a Malik por los pasillos del palacio. Entendía el dilema de Aziz y no deseaba aumentar la inestabilidad del país. No sabía si fingir ser otra serviría de ayuda, pero al menos le proporcionaría a Aziz más tiempo.

Y era de esperar que nadie se diera cuenta y que al día siguiente estuviera de vuelta en París.

—Por aquí, señorita Ellis.

Malik abrió la puerta de un dormitorio. Olivia contempló la habitación, donde todo era suntuoso: desde la cama con dosel, a los sofás de brocado y el tocador de madera de teca.

–Mada y Abra la ayudarán a prepararse –dijo Malik sonriendo. Las dos mujeres la saludaron tímidamente–. Me temo que su inglés no es muy bueno, pero le aseguro que está en buenas manos –con un leve asentimiento de cabeza, dejó a Olivia a solas con las dos mujeres.

Estas la condujeron al cuarto de baño, que era aún más lujoso que la habitación, con una bañera de mármol, una ducha para dos personas y dos lavabos con grifos que parecían de oro.

Una de las mujeres le dijo algo en árabe y Olivia negó con la cabeza.

–Lo siento, pero no entiendo.

Sonriendo, la mujer le indicó su ropa y los botones de su blusa. La otra mujer le mostró un bote de tinte para el cabello y Olivia entendió que debía desnudarse para que se lo tiñeran.

Se quedó en bragas y sujetador, temblando de frío. Sintió vergüenza. Llevaba una vida solitaria y no recordaba la última vez que alguien, salvo el médico, la había visto en ropa interior.

Una de las mujeres le puso una toalla en los hombros y la otra preparó el tinte.

–¿Cómo se llama? –preguntó a la mujer que le había puesto la toalla.

–Mada –contestó ella sonriendo.

–Gracias, Mada –le dijo antes de que la condujera al lavabo. Cerró los ojos mientras Mada le teñía el pelo y se dio cuenta de que no había preguntado si sería un tinte temporal. Abra, la otra mujer, le cubrió el cabello con un gorro de plástico.

A Olivia ni siquiera le había dado tiempo a preguntar a Aziz si aquello era legal. ¿Suplantar a alguien, sobre todo a alguien de la realeza, era delito? ¿Y si la detenían? ¿Y si alguien se daba cuenta de que no era Elena y le vendía la historia a la prensa extranjera?

Puede que sacaran a la luz otros secretos suyos. No soportaba la idea de que se conociera su pasado, de que la gente la juzgara. Ya lo hacía ella con mucha dureza.

Y su padre, pensó, se vería deshonrado. Después de que ella hubiera vendido su alma, diez años antes, para evitarle la vergüenza, la idea de que, de todos modos, acabara humillado le produjo una sorprendente y desmedida satisfacción, seguida del conocido sentimiento de culpabilidad.

Una aparición. Dos minutos. Y todo habría terminado.

Momentos después, Mada le indicó que volviera al lavabo e inclinara la cabeza para aclararle el cabello. Cuando hubo acabado, Olivia se miró al espejo y se quedó sorprendida. Parecía otra. Su piel parecía más pálida, los ojos más hundidos, oscuros y grandes. Su cabello castaño claro se había vuelto negro. No se parecía a la reina Elena, pero tampoco a sí misma. Tal vez, desde cierta distancia, pudiera pasar por ella.

Mada la tomó de la mano y la condujo de vuelta al dormitorio, donde le habían dejado la ropa sobre la cama: un traje de chaqueta gris y una blusa de seda de color marfil. Olivia se vistió deprisa. Unos *stilettos* negros completaban el atuendo. Olivia vaciló, ya que siempre llevaba zapatos bajos. Pero los miró y le parecieron un calzado muy sexy, que era una palabra que no quería ver referida a ella ni a Aziz.

Después la peinaron con un moño y la maquillaron mucho más de lo que ella solía hacer. Se sentía una impostora.

Que era precisamente lo que Aziz quería que fuera: una impostora convincente.

Llamaron a la puerta y entró Malik.

–¿Está lista, señorita Ellis?

–Sí.

Él la miró de arriba abajo y asintió dándole su aprobación.

–Venga conmigo, por favor.

Mientras lo seguía taconeando sobre el suelo de mármol dijo en tono levemente mordaz:

–Es evidente que Mada y Abra están al corriente del plan y que ambas se parecen más a la reina Elena que yo. Al menos, las dos tienen el cabello del mismo color que ella. ¿Por qué no ha podido sustituirla una de ellas?

–Ninguna de las dos posee la seguridad en sí misma ni la capacidad suficientes para llevar a cabo la sustitución. Ni siquiera se sentirían cómodas vistiendo ropa occidental.

–Pero ¿Aziz y usted confían en ellas?

–Desde luego. Muy pocas personas están al tanto de este engaño, señorita Ellis. Usted, el jeque Aziz, Mada, Abra y yo.

–Y la tripulación del avión real, además del miembro del personal que me escoltó hasta aquí.

–Es cierto –contestó Malik con una leve inclinación de la cabeza–. Pero se trata de un grupo reducido cuyos miembros son leales al jeque.

–Aziz no lleva en Kadar el tiempo suficiente para ganarse la lealtad de su pueblo.

–Eso es lo que parece creer él. Pero hay más gente que le es leal de lo que piensa.

Antes de que Olivia pudiera contestarle, Malik abrió la puerta de un adornado salón que tenía un amplio balcón. Desde el otro lado de la estancia, Olivia divisó el patio lleno de gente. Algunas personas estiraban el cuello para intentar ver al nuevo jeque y su futura esposa.

A Olivia se le revolvió el estómago y se llevó la mano a la boca.

–Por favor, no vayas a vomitar –dijo Aziz en tono seco al entrar en el salón–. Te estropearía la bonita ropa que llevas –se detuvo frente a ella y la estudió de arriba abajo con sus ojos grises, en los que ella vio un destello de aprobación masculina que le contrajo el estómago. Nunca la había mirado así–. El pelo oscuro te favorece. También los tacones. Mucho. Casi lamento que el tinte sea temporal –Aziz sonrió.

Ella alzó la barbilla y reprimió los sentimientos que Aziz despertaba tan fácilmente en su interior. ¿Por qué reaccionaba así cuando antes no lo hacía?

–Con tal de que parezca la reina Elena...

–Creo que lo harás muy bien. Sé que te pido mucho, Olivia, pero te estoy profundamente agradecido por tu disposición a ayudarme.

–Solo quiero volver a París.

–Y lo harás. Pero, primero, el balcón –le indicó las puertas. A pesar de estar cerradas, Olivia oía el clamor de la multitud. Tragó saliva.

–¿Ya has dado la rueda de prensa?

–Hace unos segundos.

–¿Te han preguntado por qué la reina Elena no estaba en ella?

–Algunos periodistas lo han hecho, y les he dicho que estabas cansada del viaje y preparándote para conocer a tu nuevo pueblo. De todos modos, en este país no es habitual que una mujer se presente ante los medios y haga declaraciones.

–Pero Elena lo ha hecho muchas veces. Es la soberana de su país.

–Es cierto, pero, en Kadar, se limitará a ser la esposa del jeque. Esa es la diferencia.

Olivia percibió un punto de amargura en la voz de Aziz y se preguntó a qué se debía.

–¿Por qué ha accedido la reina Elena a casarse contigo si va a tener aquí menos derechos? Supongo que no ha sido por amor.

–Claro que no –Aziz esbozó una sonrisa–. La alianza nos convenía a los dos por distintos motivos.

–Hablas en pasado. ¿Ya no te conviene?

–Lo hará cuando la encuentre. Pero, de momento... –señaló el balcón–. Nuestro pueblo, que nos adora, nos espera.

A Olivia se le agarraron los nervios al estómago, pero asintió.

–Muy bien.

–Es importante que sepas –dijo Aziz en voz baja mientras se dirigían al balcón– que, aunque mi matrimonio con Elena era de conveniencia, la gente cree que es por amor. Quiere que lo sea.

–¿Aunque os comprometisteis hace solo unas semanas?

–La gente cree lo que quiere creer –comentó Aziz encogiéndose de hombros.

–¿Y qué tiene que ver eso con nuestra aparición ahí fuera?

Aziz le sonrió burlón y le acarició la mejilla, que para Olivia fue como recibir una descarga eléctrica. Se echó hacia atrás instintivamente.

–Que debemos comportarnos como si estuviéramos locamente enamorados. Sin embargo, intenta reprimirte en tus demostraciones de afecto. Al fin y al cabo, este es un país conservador.

Ella abrió la boca, indignada, a pesar de que sabía que Aziz bromeaba. Él se rio, la tomó del brazo y salieron al balcón.

La multitud los vitoreó en cuanto los vio. El aire caliente golpeó a Olivia en el rostro. Parpadeó atónita por el clamor de aprobación que subía del patio y que parecía no tener fin.

Aziz le pasó el brazo por la cintura mientras saludaba con la otra mano.

–Saluda –murmuró. Olivia, obediente, alzó la mano–. Sonríe –ella lo hizo.

–Me habías dicho –susurró ella– que el pueblo de Kadar no te era leal.

–Es un pueblo romántico, además de tradicional. Le gusta la idea de mi matrimonio, la de una boda de cuento, más de lo que le gusto yo.

Al cabo de dos interminables minutos, Aziz bajó la mano y Olivia creyó que habían terminado. Pero él siguió agarrándola por la cintura mientras que le ponía la otra en la mandíbula.

–¿Qué haces? –siseó ella.

–La multitud quiere que nos besemos.

–¿Qué ha pasado con las demostraciones de afecto? –preguntó ella apretando los dientes–. ¿No era un país conservador?

–Siyad es algo más moderna. Y no te preocupes, porque será un beso casto, sin lengua –ella abrió la boca del susto y él aprovechó para besarla.

Olivia se quedó paralizada ante el contacto de sus labios. Hacía tanto tiempo que no la besaban que había olvidado lo que se sentía. Los labios de Aziz eran suaves y frescos y le sostenía el rostro con firmeza y ternura. Ella cerró los ojos instintivamente mientras intentaba reprimir la oleada de deseo que la había invadido de manera inesperada.

–Ya está –Aziz se separó de ella sonriendo–. Has conseguido contenerte.

–Ha sido fácil –respondió ella. Y él se echó a reír.

–Es maravillosamente fácil hacerte enfadar, Olivia. Te centellean los ojos.

–Maravillada estoy de saberlo –contraatacó ella. Y él volvió a reírse.

Regresaron al salón, pero Olivia apenas se daba cuenta de lo que la rodeaba. Los labios le hormigueaban como si el breve beso la hubiera electrocutado. Había sido un beso casto, poco más que un roce de los labios, pero se sentía temblorosa y débil. ¿Por qué le había afectado tanto un sencillo beso?

Porque para ella no había sido sencillo. Cuando hacía una década que a una no la besaban, un breve beso podía ser explosivo e inolvidable.

En cuanto las puertas del balcón se cerraron, Olivia se soltó de la mano de Aziz. Y tuvo que contenerse para no restregarse la boca, como si con esa acción infantil pudiera desterrar el recuerdo del beso y de los sentimientos que le había provocado.

–Hemos terminado. Puedo volver a París.

–Lo harás mañana por la mañana.

–¿Por qué no esta noche?

–Es un largo viaje, Olivia. El piloto debe descansar y hay que llenar de carburante el avión. Además, tengo que cenar con mi prometida y sé que es algo que no quieres perderte.

Ella pasó por alto la burla, aunque estuvo a punto de sonreír. Aziz era incorregible.

–No habías dicho nada de una cena.

–Se me ha debido de olvidar.

–No seas mentiroso.

–Como jeque, es cierto que determino cuánta información debo ofrecer en un momento dado.

Ella sonrió mientras se daba cuenta de que, como a todas las mujeres, la estaba cautivando con su encanto.

–¿Y debo ser la reina Elena en la cena?

–Es una cena privada, por lo que solo debes fingir para mí.

–Y para el personal que nos vea juntos. Aziz, esto es ridículo. Es posible que pueda pasar por la reina Elena desde un balcón, pero no cara a cara. Bastará con que un miembro del personal me mire para que lo sepa.

–Das por sentado que sospechan algo. ¿Por qué iban a hacerlo? Se sabía que la reina llegaría esta tarde en avión. Y es lo que ha hecho. Después ha salido al balcón conmigo, como estaba previsto. Todo está saliendo según los planes, Olivia. Nadie tiene razones para sospechar.

–Salvo por el hecho de que no me parezco a ella en absoluto.

–¿Crees que alguien de palacio conoce a la reina Elena en persona?

–Hay fotografías en los periódicos. Además, ¿no vino aquí para hablar de vuestro matrimonio?

–Sí, pero fue una reunión privada y muy discreta. No queríamos que la negociación saliera a la luz.

–De todos modos.

Él sonrió y puso una mano en la suya. Olivia tuvo que contenerse para no apartarla.

–Solo una cena, Olivia. Y te marcharás por la mañana.

Ella negó con la cabeza. Se sentía arrastrada por una corriente que la alejaba de todo lo que conocía y deseaba, de todo lo que le proporcionaba seguridad. Y no podía luchar contra ella.

Sin embargo, era lo bastante sincera consigo misma como para reconocer que la tentaba disfrutar de ese corto tiempo con Aziz, dejarse caer bajo su hechizo. Solo durante una noche. Después volvería a su anodina vida.

–Tienes que comer, Olivia –murmuró él.

–Puedo tomarme un sándwich en mi habitación.

–Muy bien, pues me reuniré allí contigo. Claro que, así, el personal va a cotillear a lo grande.

–Eres imposible –afirmó ella apartando la mano.

–Gracias –dijo él sonriendo.

–No es un cumplido –contestó ella con aspereza.

–Lo sé –la sonrisa de Aziz se hizo más ancha.

¿Tenía algún sentido resistirse? Aziz acabaría convenciéndola con su encanto, que ocultaba una determinación de hierro. No se había dado cuenta antes de lo resuelto que era, pero nunca antes los deseos de ambos habían sido opuestos. ¿Y lo eran siquiera en ese momento?

«Te tienta», se dijo Olivia.

La tentaba pasar la velada con un hombre tan guapo, acceder a esas zonas dormidas de sí misma y sentirse bella y deseada, aunque todo fuera fingido.

–Muy bien, cenaré contigo. Pero me marcharé a primera hora de la mañana.

Lo miró desafiante y él se limitó a sonreír.

Capítulo 4

EL COMEDOR privado, uno de los más pequeños del palacio, se había preparado para una cena romántica para dos. Aziz enarcó una ceja al ver el níveo mantel de lino y las velas que creaban sombras en los paneles de madera de la estancia. Sabía que a Olivia no le gustaría. Nunca había conocido a una mujer que se resistiera tanto a sus encantos.

Aunque no había opuesto resistencia al besarla. Había notado su sorpresa inicial y cómo se le había tensado el cuerpo. Pero, después, se había transformado en aceptación e incluso en deseo, y su cuerpo se había relajado y ella le había puesto la mano en el hombro. Se preguntó si Olivia se había dado cuenta de su reacción, de cómo lo había atraído hacia sí y había separado los labios.

Y ante su respuesta, él había sentido la necesidad, o el deseo repentino, de hacer el beso más profundo, de deslizarle la lengua en la boca y probar su dulzura.

Por suerte, no lo había hecho. El pueblo de Siyad quería verlos besarse castamente y se hubiera quedado anonadado ante semejante despliegue de deseo sexual.

Porque lo que había sentido por Olivia en ese momento había sido profundamente sexual, una complicación que no necesitaba.

–Majestad –un sirviente abrió las puertas del comedor–. Su Majestad, la reina Elena.

Así que ella había engañado al menos a una persona, pensó Aziz satisfecho. Olivia entró. Llevaba un vestido de noche plateado y el cabello recogido, con algunos mechones sueltos. Estaba magnífica, radiante, más hermosa que nunca. El deseo lo dejó momentáneamente sin aliento.

Las puertas se cerraron tras ella, que se detuvo y lo miró desafiante.

–No he sido yo quien ha elegido el vestido, sino Mada y Abra. Ni siquiera sé de dónde procede.

–He encargado algunas prendas.

–¿Para la impostora o para la verdadera reina?

–¿Acaso importa?

–No lo sé –durante unos segundos, Olivia pareció perdida–. Todo es muy extraño.

–Estoy de acuerdo. Pero con lo extraño se puede disfrutar –Aziz se le acercó. Deseaba acariciarla. Sentía la reacción instintiva y primitiva de un hombre a solas con una mujer hermosa.

Deseaba gozar de ella, no hablar de lo extraño o peligroso que era.

–Ahora, desde luego, das el papel –dijo señalándole el vestido–. Estás preciosa, Olivia.

–Creo que se te puede dar mejor decir cumplidos –afirmó ella poniéndose colorada.

–¿Ah, sí? –preguntó él esbozando una sonrisa.

–Te he oído comparar a una mujer con el pétalo de una rosa.

–Vaya, no debía de estar muy inspirado.

–Ella se lo creyó. Los dos subisteis al piso de arriba antes de que se sirviera el postre.

–Umm... –Aziz estaba extrañamente desconcertado. No se avergonzaba de sus hazañas sexuales, A los quince años había descubierto que gustaba a las mujeres y, tras una infancia aislada y desgraciada, el descubrimiento se convirtió en un poderoso afrodisíaco. Y, aunque a ellas solo les gustara su cuerpo y su encanto, para él era suficiente.

No se proponía ofrecerles el corazón porque sabía lo que sucedía cuando lo hacías. Durante buena parte de su infancia había ofrecido el suyo y se lo habían destrozado.

En aquel momento se dio cuenta de lo mucho que Olivia sabía de él. Su ama de llaves había cerrado los ojos ante sus andanzas en París y no se había dejado impresionar por ellas. Entonces, ¿por qué se las recordaba? No le había gustado que lo hiciera.

—Tendré que encontrar una comparación adecuada —dijo mientras la agarraba de la mano—. ¿Tal vez un carámbano: brillante, perfecto y frío?

—Parece más bien una crítica.

—Los carámbanos se derriten.

Olivia lo hizo un poco en ese momento: le apretó la mano y apartó la vista mientras se sonrojaba. Aziz pensó que era una reacción deliciosa.

—Vamos, la cena nos espera.

—Todo esto es muy romántico —murmuró ella mientras él la conducía a la mesa. Una vez allí, Aziz le soltó la mano de mala gana.

Sabía que satisfacer el deseo que sentía por Olivia era imposible. Complicaría lo que debía ser muy sencillo, en beneficio de la monarquía y, por supuesto, de su matrimonio.

Ella volvería a París al día siguiente y él acabaría encontrando a Elena.

Sin embargo, quería divertirse esa noche.

Como si le hubiera leído el pensamiento, Olivia le preguntó:

—¿Se sabe algo de Elena?

—Por desgracia, no.

–Ese tipo, Khalil, no le hará daño, ¿verdad?

–No lo creo. No tiene motivos y, como has dicho antes, es una reina que gobierna. Ya bastante malo es haberla secuestrado; hacerle daño tendría consecuencias internacionales.

–Es cierto. Pero ¿no sabe Khalil que puede acabar ante un tribunal internacional?

–Kadar no participa de todo eso –dijo Aziz con expresión sombría–. Al menos, de momento. Mi padre gobernó con mano de hierro. De todos modos, el pueblo lo quería porque era fuerte y dio estabilidad al país. Pero hacía las cosas a su modo, lo que significa que la repercusión de lo que hacía dentro de las fronteras de Kadar era mínima.

–Pero alguien del gobierno de Talía protestará.

–Si lo averiguan.

–¿Tampoco se lo has dicho?

–No se lo he contado a nadie, Olivia. No me ha quedado más remedio. Pero la encontraré –le puso la servilleta en el regazo, una excusa para tocarla. Ella tembló–. Entiendo que tengas preguntas –añadió–. Pero preferiría hablar de otra cosa, de algo agradable.

–Algo agradable –repitió ella mientras sus largos dedos jugaban con el pie de su copa. Alzó la vista y lo miró–. No se me ocurre nada.

–Pues qué dilema –Aziz sonrió–. Seguro que encontramos algo.

–¿Tú crees?

–Seguro que, entre los dos, pensamos en algo verdaderamente agradable –murmuró él. Estaba tenso de deseo. No había pretendido hacerle una insinuación sexual, pero la había hecho. Por la forma en que ella se pasó la lengua por los labios, supo que la había captado. Se preguntó cómo reaccionaría.

–Estoy segura de que siempre se te ocurre algo agradable. Aunque nunca había oído ese eufemismo.

–Bastante inocuo, por cierto.

–No flirtees conmigo, Aziz. Ya sé que eres un playboy y que no puedes evitarlo, pero hasta ahora no lo habías hecho.

–Lo dices como si fuera una enfermedad –afirmó él con una sonrisa irónica.

–Una enfermedad que espero que puedas controlar. No voy a ser otra de tus conquistas.

Aziz pensó que ella se había lanzado al ataque porque ese inicio de flirteo la había desconcertado.

–Con independencia de mi enfermedad, me gusta verte sonreír, Olivia, y oírte reír. Solo te había oído hacerlo una vez, y ni siquiera estábamos en la misma habitación.

–No sé de qué me hablas.

–Estabas en la cocina y yo había entrado en casa sin que te dieras cuenta. Te oí reír –Aziz observó que ella se había puesto pálida–. Era una risa deliciosa. Me pregunté de qué te reías.

–No lo recuerdo.

–¿Por qué no te ríes así conmigo?

–Puede que porque no seas muy gracioso.

–Ah, eso es un desafío. Ahora tengo una misión.

–En la que fracasarás, Aziz. Soy el ama de llaves. No necesitas que me ría. Ni siquiera me conoces.

–¿Y hay mucho que conocer?

Ella agarró el pie de la copa con fuerza.

–No mucho. Llevo una vida muy tranquila en París.

–¿Por qué?

–Porque lo prefiero así.

–Sí, pero ¿por qué? –Aziz se dio cuenta de que quería saber la respuesta, entender por qué una mujer como Olivia Ellis, hermosa, competente e inteligente, llevaba recluida como ama de llaves seis largos años en una casa vacía.

—¿Por qué no? No todo el mundo quiere vivir como tú.

Él se recostó en la silla, divertido e intrigado por su falta de respuesta.

—¿Y cómo vivo?

—Lo sabes tan bien como yo: fiestas hasta el amanecer y una mujer distinta en la cama cada noche.

—Y no lo apruebas.

—No soy quien para juzgarte, pero, desde luego, no quiero vivir así.

—Sin duda puede haber un equilibrio. Somos extremos opuestos a la hora de buscar placer, pero ¿no crees que podríamos hallar un punto intermedio?

—¿Dónde estaría? –preguntó ella con los ojos brillantes.

«En la cama», pensó él. Tuvo una imagen repentina de Olivia tumbada sobre sábanas de seda con su gloriosa cabellera extendida sobre la almohada y sus labios hinchados de sus besos. El deseo se volvía cada vez más acuciante. Sabía que no debía pensar esas cosas ni sentirse así.

Pero lo hacía.

—Habría que hablarlo –dijo él. Ella negó con la cabeza.

Entró un camarero con el primer plato y los dos se quedaron en silencio mientras dejaba los platos de ensalada frente a ellos. Olivia mantuvo la cabeza gacha, sin mirarlo, aunque le dio las gracias cuando el hombre se fue.

—No creo que sospeche nada –murmuró Aziz cuando la puerta se hubo cerrado.

—Como me has dicho, la gente cree lo que quiere creer –comentó ella mirándolo.

–¿Lo dices por experiencia?

–Más o menos.

Él quiso preguntarle a qué se refería, pero ella no le dio la oportunidad.

–¿Echarás de menos tu antigua vida?, ¿las fiestas, tu rutina de playboy? Supongo que las cosas serán muy distintas cuando te cases y vivas en Kadar.

–Sí, supongo que sí –Aziz pinchó un trozo de lechuga–. Pero, respondiendo a tu pregunta, no echaré de menos mi antigua vida –alzó la vista, sorprendido por su propia sinceridad–. Supongo que eso demuestra lo superficial que soy.

–Alguien superficial no estaría luchando por el trono –observó ella mirándolo pensativa.

–Tal vez solo desee el poder.

–¿Por qué quieres ser jeque? Antes ni siquiera Kadar parecía interesarte.

–No es cuestión de querer. Es mi deber.

–Un deber que antes no te preocupaba.

–No te andas con chiquitas, ¿verdad, Olivia?

–¿Por qué iba a hacerlo?

–No, supongo que no hay ningún motivo para que lo hagas –dijo él riéndose–. De todos modos, es una pregunta justa –a la que él no quería contestar. Sin embargo, sentía la necesidad de ser sincero. Buena parte de su vida consistía en fingir y recurrir a evasivas. Olivia, con su mirada franca y su actitud sensata, era digna de confianza–. Mi padre no quería que yo fuera jeque. Fui una decepción para él.

–¿Por qué?

«Porque prefería a Khalil», pensó Aziz. Incluso cuando supo que no era su hijo y lo rechazó, Hashem había deseado que fuera Khalil su sucesor, no él. Pero no iba a ser tan sincero con Olivia, ya que no soportaría que lo compadeciera.

—No estábamos de acuerdo en muchas cosas —lo cual era quedarse corto.

Recordó que su padre había despreciado todos sus intentos de complacerlo. Aún sentía la vergüenza que experimentó cuando, delante de los asesores, su padre le pidió que recitara la Constitución de Kadar. Se había trabado una vez, una sola vez, pero Hashem se burló de él sin piedad antes de darle una bofetada y expulsarlo de la estancia.

Solo era un recuerdo entre miles. Hasta que tuvo quince años y perdió la virginidad, nada menos que con una de las amantes de su padre, no se dio cuenta de que podía vivir de otra manera: sin que le importara nada.

—¿Por eso te mantuviste alejado de Kadar? ¿A causa de tu padre?

—En buena medida.

—Pero sigues sin haberme contado por qué decidiste volver y ser jeque.

—Supongo que por cierta perversidad que hay dentro de mí. Quería demostrarme que mi padre se había equivocado, que puedo ser jeque y hacerlo muy bien —afirmó con una intensidad de la que se avergonzó.

—Así que tu decisión sigue teniendo que ver con tu padre. Sigues dejándole controlar tu vida.

Él se sobresaltó, dolido, pero tenía razón. Era su padre quien seguía dictando sus decisiones. Seguía buscando la aprobación de su padre. Su amor.

—No se me había ocurrido —dijo él en el tono más despreocupado que pudo—. Pero supongo que estás en lo cierto.

—Es difícil desprenderse de alguien cuando tiene tanto poder e influencia en tu vida. Aunque decidas no hacerle caso, en cierto modo sigue siendo el centro de tu vida. Dedicas toda tu energía y tu tiempo a intentar no pensar en él.

–Hablas por experiencia –afirmó Aziz, a lo que ella se encogió de hombros.

–Yo tampoco me llevo bien con mi padre. Está vivo, desde luego, pero hace años que no nos hablamos.

–No lo sabía –Aziz pensó en el padre de Olivia, un hombre simpático y afable que había llegado muy alto en el cuerpo diplomático–. Te recomendó para el puesto de ama de llaves.

–Creo que pensaba que, al menos, me debía eso.

–¿Que te lo debía?

Ella negó con la cabeza y él se dio cuenta de que se arrepentía de lo que había dicho.

–Da igual. Es agua pasada.

Pero él notó que apretaba las manos en el regazo, que se le tensaba el rostro y se le oscurecían lo ojos, por lo que supo que no era agua pasada ni daba igual. Ella miró el plato y cambió de expresión. Aziz supuso que por pura fuerza de voluntad.

–De todos modos, debiéramos hablar del futuro, no del pasado. Suponiendo que encuentres a la reina Elena a tiempo, ¿crees que llegarás a quererla?

«Nunca», pensó él. No le interesaba querer ni ser querido, no deseaba abrirse a tener sentimientos que solo deparaban complicaciones innecesarias. Querías a alguien, y esa persona te decepcionaba: no te quería o, peor aún, te odiaba.

Pero, por suerte, él ya no era un niño estúpido y necesitado, sino un hombre que sabía lo que quería y lo que debía hacer. Y el amor no entraba en sus planes.

–La reina y yo hemos hablado de la naturaleza de nuestro matrimonio. Y ambos estamos satisfechos con el acuerdo al que hemos llegado.

–Eso no es una respuesta.

–Apenas nos conocemos, Olivia. La he visto una vez. No sé si la puedo querer o no. De todos modos, prefiero que hablemos de ti. Estoy seguro de que eres mucho más interesante que yo.

–Pues yo estoy convencida de que no es así.

–Eres hija de diplomático. Te has debido de criar en lugares muy distintos –ella asintió–. ¿Cuál de ellos consideras tu hogar?

–París.

Aziz se dio cuenta de que se refería a su casa. No era de extrañar que su trabajo significara tanto para ella. Probablemente era el sitio en el que había vivido más tiempo.

–No solo por estos últimos años –le explicó ella–. Viví allí de niña, cuando iba a la escuela primaria. Siempre me ha gustado.

–¿Y dónde pasaste la adolescencia?

–En Latinoamérica.

–Debió de ser interesante.

–Era una comunidad de expatriados muy pequeña –comentó ella con un leve encogimiento de hombros.

Era una respuesta extraña. Tenía secretos, pensó Aziz. Ocultaba sus emociones, sus alegrías y sus penas. Pero ¿por qué?

¿Por qué ocultaba él las suyas?

Porque le hacían daño. Sufría al mostrar su verdadero yo, al sentir emociones profundas. Se dio cuenta de que tanto Olivia como él se movían en la superficie de la vida, aunque de forma muy distinta.

–Si recuerdo bien lo que decías en tu currículum, solo estuviste un año en la universidad.

–Un trimestre –le corrigió ella sin que su voz ni su expresión desvelaran la menor emoción–. Decidí que no era para mí.

Pero su cuerpo estaba en tensión. Y aunque Aziz

quería presionarla y saber más, decidió darle un respiro temporal.

—Tampoco era para mí. Estaba demasiado ocupado yendo a fiestas.

Vio que ella se relajaba.

—¿Ya por entonces eras un playboy?

—Debo de llevarlo en los genes —y tal vez fuera cierto, teniendo en cuenta la cantidad de amantes que había tenido su padre. Pero sabía que, con independencia de la genética, había tomado la decisión de llevar una vida de playboy de manera deliberada, a pesar de que fuera una vida vacía. Sobre todo porque estaba vacía.

—Sin embargo, eres inteligente. Creaste una empresa de asesoramiento.

—Tengo la suerte de que se me dan bien los números —dijo él sin darle importancia, al tiempo que se encogía de hombros.

En realidad, estaba muy orgulloso de la empresa. No había pedido a su padre ni un céntimo para crearla, aunque la gente pensaba que lo había hecho. Lo cierto era que no le había pedido dinero a su padre desde que acabó la universidad. No lo iba contando por ahí, como tampoco el porcentaje que donaba a ONG que ayudaban a mujeres y niños de Kadar en situación vulnerable. No estaba dispuesto a alardear de ello ni a intentar caer mejor a los demás.

—Y tú, Olivia, ¿querías ser algo más que ama de llaves?

—Ser ama de llaves no tiene nada de malo —contestó ella con los ojos brillantes de ira.

—Claro que no. Pero eres joven, inteligente y has tenido la oportunidad de estudiar —Aziz esperó la respuesta mientras contemplaba las emociones sucesivas de su rostro: sorpresa, incertidumbre y arrepentimiento.

–Mi intención era estudiar música –concedió ella de mala gana–. Pero lo dejé.

–¿Y no has querido retomarlo?

–No tenía sentido.

–¿Por qué?

Ella apretó los labios y su mirada se volvió distante.

–La música había desaparecido: tanto mi deseo de tocarla como el talento para hacerlo. Y sabía que no podría recuperarlos aunque lo intentara, cosa que no quería hacer –dijo con total naturalidad, pero él notó la tristeza como algo palpable, como una capa que llevara encima, que él no había visto antes, y que la asfixiaba.

Olivia había sufrido, pero ¿qué la había hecho sufrir? Quería saberlo, pero no se lo preguntó. Ya se habían contado suficientes cosas. Los dos tenían secretos y ninguno quería revelarlos. Pero él no podía dejar de hacerse preguntas. Había removido algo oscuro en ella, algo que no debiera interesarle, pero que despertaba su curiosidad.

Quería saber más de Olivia.

Olivia evitó la penetrante mirada de Aziz y se concentró en la ensalada. Le estaba haciendo demasiadas preguntas, preguntas que eran como costras que le arrancaran de antiguas heridas.

Había guardado sus recuerdos en una caja, la había sellado y puesto el cartel de «No abrirla nunca». Sin embargo, con sus preguntas, él estaba levantando la tapa.

Olivia no pensaba en el terrible trimestre que estuvo en la universidad, que había pasado como una sonámbula. Tampoco pensaba en la música, aunque había cedido a la tentación de tocar el piano dos veces en los años anteriores. Tocarlo era como una sangría en la que todas las emociones y la agonía la abandonaban con las notas.

Había necesitado esa liberación porque el resto del tiempo se mantenía distante de todos y de todo, incluso de sus sentimientos, de su corazón.

La vida era más sencilla y, ciertamente, más segura de ese modo. Se había venido abajo una vez, abrumada por la emoción, la pena, la culpabilidad y el dolor, pero no tenía intención de que volviera a suceder. Si dejaba que tales sentimientos asomaran la cabeza, se apoderarían de ella por completo, inundarían su alma.

Por eso los mantenía a raya y se conformaba con vivir a medias.

Sin embargo, en las pocas horas que llevaba con Aziz, se le habían removido muchas emociones. Él le hacía preguntas, la hacía sonreír y la conmovía con sus bromas de un modo que no se esperaba y que no podía permitirse desear.

Creía que había muerto por dentro, pero, cuando él la había besado, se había sentido gloriosa y dolorosamente viva. En el balcón, había estado a punto de responder a su beso para convertirlo en otra cosa. Le pareció que se hallaba al borde de un precipicio, y una parte de ella había deseado lanzarse al abismo de las sensaciones y ver si sabía volar.

Pero hubiera caído al suelo como una piedra. Esa vida, la de los deseos, los sentimientos y el amor, se había acabado.

–¿Qué harás si no encuentras a Elena a tiempo? –preguntó. No quería seguir hablando de sí misma.

–Fracasar es impensable.

–Supongo que Khalil piensa lo mismo. ¿Lo conoces?

–Lo vi una vez –contestó Aziz con una sonrisa que no ocultó la frialdad de sus ojos.

–¿Cuándo?

–Cuando era un niño. Él vivía en el palacio y yo, entonces, era el pretendiente.

–¿Por qué?

–Yo era hijo de la amante de mi padre, un bastardo reconocido. Mi padre me reconoció cuando desterró a Khalil. Me temo que no fue una decisión muy popular.

–¿Por eso tu pueblo apoya ahora a Khalil?

–Siempre lo ha hecho. Se fue del país a los siete años, pero permaneció en el corazón de la gente: el pobre principito al que habían expulsado. Y yo siempre he sido el mocoso petulante que ocupó su lugar –Aziz no dejaba de hablar en tono ligero, pero sus ojos lo traicionaban.

–Parece que tu padre no reflexionó antes de tomar la decisión –dijo Olivia–. Quería a Khalil y, sin embargo, lo desterró.

–A menudo me he preguntado por qué lo hizo, ya que me dejó muy claro que yo, comparado con Khalil, lo había decepcionado –observó Aziz haciendo una mueca–. Supongo que lo hizo porque se dejó llevar por la ira al enterarse de que era un cornudo. O tal vez estuviera furioso consigo mismo por querer a un hijo que no era suyo. O puede que reaccionara así impulsado por el dolor. Creo que redactó el testamento como lo hizo porque quería dar una oportunidad a Khalil.

–Una oportunidad que tú no estás dispuesto a concederle.

Aziz se echó hacia atrás como si le hubieran dado una bofetada.

–¿Por qué iba a hacerlo? No tiene derecho al trono; yo sí.

–Pero ¿te gusta Kadar? –le presionó Olivia–. Has pasado muy poco tiempo aquí por decisión propia. Haces esto por resentimiento hacia tu padre, a pesar de que está muerto.

Vio un destello de ira en los ojos de Aziz antes de que él esbozara una sonrisa sardónica.

–Es usted una gran psicóloga, señorita Ellis.

–El sarcasmo es la peor forma de defenderse. No digo que no merezcas ser jeque, aunque... –Olivia se quedó callada y entrecerró los ojos.

–¿Aunque...?

–Aunque me pregunto si crees que te lo mereces.

Él la miró respirando agitadamente, como si hubiera estado corriendo. Olivia le sostuvo la mirada.

–Tienes razón –dijo él finalmente–. Me cuestiono si debo ser jeque. Si el pueblo no quiere que lo sea, si mi padre tampoco lo quería...

–Sin embargo, estás aquí.

–Cuando leí el testamento de mi padre, pensé en cederle el trono a Khalil. Creo que muchos esperaban que lo hiciera.

–Pero no lo hiciste. Creo que eso significa algo.

–¿Ah, sí? ¿Y qué significa? ¿Que soy cabezota y estúpido?

–Y resuelto y fuerte. Aziz, eres «el caballero playboy».

–No dejas de recordármelo: encantador, superficial, irresponsable, etcétera. Ya lo sé.

–Olvida lo de superficial e irresponsable de momento. Eres encantador. La mitad de Europa come de tu mano, y no me refiero solo a las mujeres. ¿Por qué no ibas a ganarte el corazón de tu pueblo? Simplemente, no lo has intentado.

Él apretó los labios como si quisiera evitar decir algo. Después, sonrió levemente.

–Gracias por intentar infundirme ánimos. Es evidente que lo necesitaba.

Volvía al tono ligero, pensó Olivia. Se sintió desilusionada, pero se dijo que daba igual. Ya había habido suficiente sinceridad emocional por una noche.

–Basta de hablar de Kadar y de política –dijo Aziz mientras volvía a llenar las copas–. Hablemos de otra cosa. ¿Qué haces en tu tiempo libre?

–¿Cómo? –Olivia lo miró con la boca abierta. Aziz le sonrió. Sus brillantes dientes contrastaban con su piel bronceada. A ella se le contrajo el estómago de deseo. ¿Por qué nunca antes había reaccionado así ante él?

«Porque no te lo habías permitido», se dijo. Porque, cuando había estado con él, siempre se había mostrado superficial y mundano. Porque solo conocía de él el personaje, no al hombre atento, sensible y atractivo, que además conservaba el carisma y el encanto del playboy.

–Pasatiempos, Olivia. ¿Te gusta leer? ¿Ir al cine? ¿Hacer ganchillo?

–¿Hacer ganchillo?

–Por decir algo.

Ella se rio contra su voluntad. Le gustaban aquellas bromas.

–Me temo que no hago ganchillo.

–Pues no temas, que no me has decepcionado –ella volvió a reírse–. Ahí está ese precioso sonido. Averiguaré de qué te reías en la cocina.

–Era una tontería –afirmó ella negando con la cabeza.

–Pues la risa sonó maravillosa.

–Me reía de una ardillita roja. Trataba de asir una nuez y era demasiado grande para ella.

La había estado mirando durante varios minutos y, cuando el animal consiguió agarrarla, se echó a reír.

–Como ves, no hay misterio.

–Pero ahora estoy más intrigado que antes. Me pregunto por qué no te había hecho reír antes, y ahora sí –la miró fijamente sonriendo. Olivia notó que tenía la boca seca, porque, ¿no era más peligrosa esa conexión emocional que la meramente física?

Aziz la hacía reír y arder en su interior. Desvió la mirada.

–¿Olivia?

–Supongo que ya no me resulta fácil reírme –estaba asombrada de lo mucho que le estaba contando, pero una parte de ella quería hacerlo y liberarse un poco de la carga.

–¿Por qué?

Ella se limitó a encogerse de hombros. No iba a decirle que la chica risueña y despreocupada que era había muerto a los diecisiete años, cuando le habían arrancado el alma del cuerpo.

Aziz le puso suavemente la mano sobre la suya.

–Sea lo que sea lo que te entristece, me alegro de verte contenta, aunque sea durante unos segundos.

Ella asintió bruscamente, incapaz de decir nada. Él retiró la mano y se recostó en la silla.

–¿Has terminado? –le preguntó señalando la ensalada a medio comer–. Voy a llamar para que nos traigan el segundo plato.

Unos minutos después, el camarero volvió para recoger los platos y lo hizo de nuevo cuando hubieron acabado el segundo. Aziz preguntó a Olivia trivialidades sobre la casa de París y, de mutuo acuerdo, no hablaron de otra cosa durante el resto de la cena.

A pesar de ello, la mente de Olivia seguía deambulando por lugares no deseados. No dejaba de mirar a Aziz subrepticiamente. Llevaba un traje que resaltaba su anchura de hombros, sus delgadas caderas y la perfección general de su cuerpo.

Todo en él era grácil y elegante. Simplemente, su forma de agarrar el tenedor y el cuchillo la hechizaba. Tenía los dedos preciosos. De él emanaba un poder contenido y furtivo que ella no había notado antes. Tal vez lo percibiera en aquel momento porque gobernaba un país y era algo más que un hombre rico y encantador.

Un hombre peligroso. Y deseable.

No debía pensar esas cosas. Aziz se iba a casar. Desvió la mirada de sus manos de largos dedos. Se iba a casar dos días después, si encontraba a la reina Elena.

¿Y si no lo hacía?

No era problema de ella.

Las velas casi se habían consumido cuando tomaron el café, espeso y dulce, preparado a la manera árabe, que hizo fruncir los labios a Olivia.

—Se necesita tiempo para acostumbrarse —dijo Aziz riéndose al ver su expresión.

—Es evidente que tú lo estás —observó ella al ver que se lo tomaba de un trago sin hacer ni una mueca.

—He tardado un tiempo, pero ya me he habituado al sabor.

—Entonces, ¿no echas de menos el café americano? —preguntó ella sonriendo. Le preparaba los cafés en la máquina que él había instalado en la cocina de la casa de París.

—Claro que lo echo de menos. Pero me he propuesto tomar y beber solo productos de Kadar cuando esté aquí.

—¿Para demostrar tu lealtad?

—Más o menos —dijo él. Olivia percibió que se quitaba importancia, cosa que hacía constantemente. Recordó lo que Malik le había dicho. «Hay más personas leales a Aziz de las que cree». Entendía lo que el anciano había querido decir.

Aziz no creía en sí mismo. No pensaba que el pueblo de Kadar fuera a aceptarlo tal como era. Y tal vez su actitud despreocupada fuera una forma de encubrir el miedo y las dudas que lo asediaban.

¿O se estaba imaginando cosas porque sabía lo mucho que ocultaba ella misma? Al fin y al cabo, se trataba de Aziz, el niño mimado de Europa, un hombre carismático y seguro de sí mismo, alrededor del cual revoloteaban constantemente las mujeres. ¿Cómo iba a tener dudas?

Pero ella quería saber quién era el verdadero Aziz, lo cual era peligroso y estúpido, porque él ya la había afectado lo suficiente.

Con esfuerzo, se mordió la lengua y no preguntó. No necesitaba saber nada más de él. No consentiría que la atracción que había provocado en ella se convirtiera en algo más profundo y poderoso, algo que ya no creía ser capaz de sentir.

No, aquello debía acabar en ese mismo momento. Al día siguiente volvería a París y era de esperar que Aziz encontrara a Elena.

Se levantó y le sonrió fríamente.

–Gracias por la cena.

Aziz enarcó una ceja, lo cual convenció a Olivia de que él sabía lo que estaba haciendo y por qué; que sabía que ella sentía miedo y atracción a la vez.

–Gracias por haber aceptado participar en este teatro –contestó él levantándose también. Se acercó a Olivia, que pensó que el corazón le había dejado de latir. Era dolorosamente consciente de su proximidad, incluso de su olor, que la mareaba de deseo. Debía retroceder, pero no lo hizo.

Aziz inclinó la cabeza y su mirada pareció encenderla por dentro, despertando sentimientos y necesidades que ella creía que se habían convertido en cenizas.

–Lamento haberte causado tantas molestias, pero eres la primera persona en la que pensé. La primera persona en la que sabía que podía confiar.

Olivia se dijo que, lógicamente, solo se trataba de un elogio. Ella únicamente era el ama de llaves de una casa a la que él solo iba de vez en cuando... ¿y confiaba en ella? ¿Era la primera persona en quien pensaba cuando tenía un problema?

Sin embargo, la calidez de su mirada y la sinceridad de su voz causaron en su interior una vorágine de deseo y de algo más profundo: el anhelo de ser necesitada, de ser importante para alguien.

Era ridículo.

Apenas conocía a Aziz. Y todo aquello había sido una representación. Todo lo que había sucedido entre ambos era falso. Aunque no lo pareciera.

–Me alegro de haberte sido útil –dijo ella retrocediendo un paso. Al hacerlo, se pisó la falda del vestido con el alto tacón, al cual no estaba acostumbrada, y perdió el equilibrio. Iba a caer hacia atrás, pero Aziz la tomó en sus brazos y, al hacerlo, sus cuerpos entraron en contacto. Ella notó cómo chocaban las caderas y los muslos de ambos, y el deseo se despertó en ella como si le hubieran inyectado lujuria en vena. Le crepitó por todo el cuerpo y se instaló entre sus muslos. Lanzó un grito entrecortado y la oscura mirada de Aziz se posó en sus labios entreabiertos.

Olivia esperó. El corazón se le había desbocado y todo su cuerpo deseaba que la besara y sentir mucho más de lo que ya había sentido.

Durante unos segundos, creyó que iba a besarla. Él se inclinó hacia delante y acercó aún más su cuerpo al de ella, que sintió la presión de su masculinidad excitada, por lo que el deseo volvió a recorrerla de los pies a la cabeza.

Pero él retrocedió, la equilibró y bajó las manos. Ella tragó saliva y se esforzó en recuperar la compostura y en adoptar una expresión neutra, como si no se hubiese dado cuenta de repente de lo gris que era su vida y lo vacía que estaba y de que ahora deseaba algo más.

Deseaba a Aziz.

Él sonrió, pero no con los ojos.

–Gracias –murmuró ella–. Debo irme, es tarde. Buenas noches.

–Buenas noches, Olivia –contestó él en voz baja. Y ella se levantó el vestido para no volver a pisárselo y salió del comedor a toda prisa.

Capítulo 5

AZIZ miró el cielo con expresión sombría. Estaba amaneciendo y el sol bañaba el palacio con luz dorada.

El estado de ánimo de Aziz, sin embargo, era negro como una noche sin luna. Se había pasado casi toda la noche levantado examinando imágenes por satélite del desierto de Kadar en busca del campamento de Khalil y los rebeldes. Había localizado varios, pero ni él ni sus ayudantes habían podido determinar que en alguno de ellos se hallaran Khalil y la reina Elena.

Había enviado un destacamento de soldados a investigar aquel en el que había mayor actividad. Pero estaba a casi quinientos kilómetros de Siyad y sus hombres iban en todoterrenos, ya que un helicóptero alertaría a Khalil, suponiendo que estuviera allí.

Y, si estaba allí, ¿hasta dónde estaría dispuesto a llegar para obtener el trono? ¿Arriesgaría su vida y, lo más importante, la de Elena?

Aziz le había dicho a Olivia que no creía que fuera tan insensato, pero lo cierto era que no lo sabía. No conocía a Khalil.

Desde que había ocupado el trono había leído toda la información que los servicios secretos tenían de él. Lo habían desterrado a la edad de siete años, junto con su madre, y su tía se lo había llevado a vivir con ella a Estados Unidos. Había acudido a un internado

y a una universidad elitistas y había trabajado durante
un tiempo antes de alistarse en la Legión Extranjera
francesa, donde permaneció siete años.

Aziz sospechaba que fue allí donde Khalil había
establecido los contactos que le habían permitido volver a Kadar, cuyo pueblo deseaba su vuelta y lo apoyaba. Su corazón estaba con él, y eso era lo que preocupaba a Aziz.

«Vuelves a intentar ganarte el corazón de alguien,
a intentar que alguien te quiera», pensó. «¿Cuándo
aceptarás que no eres capaz de hacerlo?».

En realidad, no lo había intentado porque tenía
miedo de fracasar.

Olivia se había mostrado muy perceptiva. Horas
después, sus observaciones lo seguían molestando.
Ella se había dado cuenta de que seguía queriendo
complacer a su padre y de que tenía miedo de intentarlo.

Era tremendamente inquietante que alguien te
comprendiera de ese modo. Pero lo bueno era que
Olivia no lo había rechazado ni juzgado por su miedo,
sino que lo había animado a ganarse al pueblo de Kadar.

El problema era que él no la creía.

Aziz oyó que la puerta se abría y cerraba a sus espaldas. Se volvió y vio a Malik esperando sus órde-
nes. Malik procedía del personal de su padre y lo conocía desde niño. Sabía que su padre lo despreciaba y
que el personal del palacio se burlaba de él. Más de
una vez había intervenido para desviar el desprecio de
su padre cambiando de tema, por lo que Aziz le estaba
agradecido, aunque lo avergonzaba que conociera sus
puntos débiles.

—No avanzamos en la búsqueda de Elena, ¿verdad?

—Majestad, el campamento que hemos visto en la

imagen del satélite parece prometedor. Ha habido muchas salidas y entradas, como ha comprobado, y acabamos de encontrar una imagen del día en que secuestraron a la reina Elena en que aparecen varios vehículos fuera del campamento.

—Sí, es prometedor, Malik, pero, incluso si los soldados entran en el campamento y la reina Elena está allí, no hay garantías de lo que sucederá.

—Desde luego que no, Majestad.

—¿Puedo siquiera echarle la culpa a Khalil? —a veces se sentía furioso porque había puesto en peligro no solo a su prometida, sino al país. ¿Quería el hombre al que había considerado su hermanastro que se declarara una guerra entre ambos? ¿Sería esa su manera de vengarse de que el jeque Hashem lo hubiera rechazado?

Sin embargo, Khalil había creído durante siete años que era hijo de su padre y el heredero del trono. Y tenía que saber que Aziz se había pasado años sin poner un pie en Kadar, por lo que tal vez hubiera supuesto que no quería ser jeque. O que él lo haría mejor.

—En realidad, culpo a mi padre por hacer que mi matrimonio sea imprescindible para gobernar y por no nombrar a un heredero e incitar a la discordia con el maldito referendo. Su propósito era desestabilizar el país.

—Eso no lo sabe, Majestad.

—¿Ah, no? Sabes que nunca quiso que yo fuera su heredero, que nunca... —se tragó las palabras «me quiso» y dijo en su lugar— me aceptó como hijo suyo.

—Pero es su hijo, su único hijo. Y en Siyad y en palacio lo sabemos. Sabemos que el trono es suyo por derecho.

—Pero hay mucha gente que no lo sabe, que cree

que a Khalil se lo trató de manera injusta, que mi padre lo desterró porque se había cansado de su madre y prefería a la mía.

—Sabrán la verdad.

—¿Lo harán? ¿O mi reinado se verá continuamente acosado por tales rumores? —se volvió hacia la ventana—. ¡Maldito sea mi padre! ¡Ojalá arda en el infierno!

—Puede que esté allí.

—No acostumbro a ser tan negativo, ¿verdad? —preguntó a Malik sonriéndole como si no le importara el asunto del que estaban hablando.

Pero Malik no se dejó engañar, ya que le sonrió con tristeza.

—Es comprensible lo que siente, Majestad. Buena parte de la situación en que se encuentra se debe a su padre. Pero hay más gente de la que cree que le es leal.

—No puedo apostar por la lealtad del pueblo después de haber estado lejos tanto tiempo. Tengo dos días para encontrar a Elena, antes de que se cumpla el plazo de seis semanas y pierda el trono.

—Tiene a hombres buscándola. No puede hacer nada más, de momento. Esta noche le informarán de lo que hayan encontrado.

—Lo que me deja todo el día para trazar un plan alternativo.

—Hablando de planes... —Malik carraspeó—. Tiene usted que acudir hoy a la inauguración de los Jardines Reales con la reina Elena.

—¡Maldita sea! Me había olvidado. ¿Se puede cancelar?

—No es aconsejable.

—Iré solo.

—Tampoco es aconsejable. La aparición de la reina ayer en el balcón fue muy bien recibida.

–Así que quieren volver a ver a Elena. No creo que Olivia vuelva a conseguirlo, suponiendo que acceda, que no lo va a hacer.

–Podría llevar un velo.

–¿Un velo? Siyad es una ciudad moderna.

–Sería un guiño a la tradición, una forma de mostrar a la parte más conservadora de la población que la reina y usted respetan las antiguas costumbres.

–¿Aunque mi deseo sea cambiarlas?

–El respeto y el cambio pueden coexistir.

–No lo sé. Se le verán los ojos.

–Le pondremos lentillas de colores –propuso Malik.

–Es muy peligroso. Puede que le pidan que hable.

–Nada más allá de las cortesías de rigor, probablemente en árabe.

–Dudo que Olivia sepa árabe.

–Puede aprender algunas frases.

–Es una locura –Aziz se levantó bruscamente de la silla y se dirigió a la ventana–. ¿Qué pasa si encuentran a Elena en el campamento? ¿Cómo lo explico?

–No tiene que hacerlo. La traeríamos de vuelta en avión discretamente y sustituiría a la señorita Ellis, que volvería a París, como desea. Sería el resultado ideal, Majestad.

–¿Y si no sucede así? ¿Y si no encontramos a Elena o si la encontramos y ha sufrido algún daño o...? –se interrumpió para no pronunciar la horrible posibilidad. Lo invadió una furia terrible contra Khalil y lo maldijo por haber convertido su vida en un infierno–. ¿Qué pasaría entonces? ¿Cómo explicaríamos que yo haya aparecido con mi prometida los dos días anteriores?

–No sería fácil –reconoció Malik–. Pero ya hemos corrido el riesgo al haber salido usted al balcón. Era una apuesta a la desesperada, pero necesaria, como sabe.

Sí, lo sabía. Sabía lo inestable e inseguro de su reinado, que un susurro podía desencadenar una tormenta de dudas y rumores que asolarían el reino o que incluso provocarían una guerra civil.

—Voy a hablar con ella.

Olivia estaba tumbada en la enorme cama. La luz de la mañana se colaba por las rendijas de las contraventanas que Mada había cerrado la noche anterior. Debía de estar amaneciendo y, sin embargo, ya hacía calor en la habitación.

Ese día volvería a París, a lo conocido y lo seguro. Se sentía aliviada y decepcionada a la vez.

No quería marcharse. Se lo había pasado bien con Aziz, había disfrutado de la atención y el interés de un hombre guapo y sexy cuyo contacto le provocaba un cosquilleo en todo el cuerpo; un hombre que la hacía reír y sentir.

Al cabo de tantos años de estar como adormecida, se había dado cuenta de que una parte de ella deseaba más de la vida, más de Aziz. Deseaba su atención, sus burlas, sus bromas y sus besos, esa sensación que le había encendido el cuerpo entero.

Llamaron a la puerta y ella apartó la ropa de cama.

—Entre —dijo, y se quedó petrificada al ver a Aziz.

Se miraron sin decir palabra durante varios segundos. Olivia se dio cuenta de que no llevaba nada más que un camisón de seda y encaje que le llegaba a medio muslo. Mada y Abra se lo habían llevado la noche anterior. Estaba despeinada y se había incorporado a medias, por lo que el camisón le quedaba bajo a la altura de los senos y alto a la de los muslos. Miró la bata, a juego con el camisón, que se hallaba en una silla cercana. ¿Era mejor ponérsela o volverse a meter entre las sábanas?

Observó que Aziz la examinaba lentamente y que sus ojos se oscurecían de deseo.

–Creí que era... –la voz le salió muy ronca y lo intentó de nuevo–. Creí que era una de las mujeres que me ayudaron anoche –miró el reloj y vio que eran las siete pasadas–. ¿Pasa algo?

–Aunque me gustaría hablarte de lo que pasa, me temo que estaría distraído –miró significativamente el corto camisón y sonrió–. ¿Desayunas conmigo?

Olivia notó un calor pegajoso en todo el cuerpo. ¿Ella lo distraía? Le gustaba que se lo hubiera dicho.

–Sí, claro.

–Ahora te mandaré a las mujeres –dijo Aziz y, tras volver a sonreír con picardía, se fue.

Olivia se levantó a toda prisa, se quitó el camisón y fue a ducharse. ¿Por qué le habrían dado Mada y Abra algo tan ridículamente sexy para ponerse? Se le ocurrió que la ropa que había llevado tal vez perteneciese a la reina Elena, que Aziz se la hubiera comprado. Tal vez aquel camisón estuviera destinado a la noche de bodas.

La idea la hizo palidecer y, a la vez, sintió celos, cosa que no le hizo ninguna gracia, ya que todo aquello era fingido y que Aziz iba a casarse.

Fingido o no, sabía que se había divertido y había vivido más en las veinticuatro horas anteriores que en los últimos diez años.

Cuando salió de la ducha, Mada y Abra la esperaban en el dormitorio con ropa limpia. Olivia intentó explicarles que quería que le devolvieran la suya, pero no la entendieron e insistieron en que se pusiera el vestido de seda azul cielo que le habían llevado.

Olivia accedió con un suspiro. El vestido era sencillo y elegante. Un collar y unos pendientes de perlas y unos zapatos de ante completaban el atuendo. Mada le recogió el pelo en un moño bajo. Olivia se sobresaltó al mirarse al espejo. Seguía sin acostumbrarse al cabello oscuro.

Malik la esperaba fuera de la habitación cuando abrió la puerta.

—Buenos días, señorita Ellis. La acompaño hasta donde se encuentra el jeque Aziz.

Ella lo siguió por el laberinto del palacio hasta una agradable estancia situada en la parte de atrás. Las ventanas estaban abiertas y habían puesto una mesa para dos en la terraza que daba a los jardines. Aziz se levantó para recibirla.

—Espero que no te importe desayunar fuera. Todavía es muy temprano para que haga calor.

—Se está muy bien —el aire era fresco y la vista de los jardines, llenos de flores, a pesar de que Siyad se hallaba en medio del desierto, era hermosa.

—¿Café? —preguntó Aziz con una deslumbrante sonrisa.

—Admiro tu tenacidad para acostumbrarte a él —dijo ella haciendo una mueca—. Supongo que yo debería hacer lo mismo.

Se dio cuenta demasiado tarde de que daba a entender que se iba a quedar en Kadar. Agarró la servilleta y se la puso en el regazo.

—¿Están el piloto y el avión listos para llevarme a París?

—Sí, en cuanto lo estés tú.

—Muy bien, gracias —de nuevo, Olivia sintió una mezcla de alivio y decepción.

—Soy yo quien debiera dártelas. Me has sido de gran ayuda, Olivia.

La forma de decir su nombre la hizo estremecerse. Tomó un sorbo de café.

–¿Hay noticias de la reina Elena?

–Hemos progresado algo. Mis hombres están investigando un campamento en el desierto que despliega una actividad poco habitual, según las imágenes de satélite. Esta noche sabré si Elena está allí.

–Espero que la encuentres.

–Yo también –Aziz la miró muy serio.

–¿Qué pasa? –preguntó ella.

–No tengo derecho a pedirte nada más, Olivia, pero soy un hombre desesperado en circunstancias desesperadas.

Nada en él daba muestras de desesperación, pensó Olivia. Desde que lo había conocido le había parecido tan poderoso y seguro que se le hacía difícil creer que pudiera dudar de sí mismo.

–¿Qué quieres? –preguntó ella, con la sensación de que ya lo sabía.

–Que te quedes otro día. Esta tarde tengo que inaugurar los Jardines Reales en el centro de la ciudad con Elena. Los han restaurado. No será más que cortar una cinta...

–¿Cortar una cinta? –Olivia negó con la cabeza, incrédula, aunque se sentía feliz por poder quedarse más–. Será mucho más, Aziz. Tendré que hablar con distintas personas, estar a su lado... No voy a poder engañarlas.

–Eso me preocupa también a mí. Pero llevarás velo y un vestido árabe tradicional. No es necesario en Siyad, pero sería una muestra de respeto a la tradición muy conveniente para nosotros. Lo único que se te verá serán los ojos.

–Y los tengo azules. No sé de qué color los tiene la reina, pero estoy segura de que no son azules.

–Los tiene grises, pero usaremos lentillas de ese color.

Ella volvió a negar con la cabeza. Aquello se estaba volviendo peligroso, a pesar de su deseo de quedarse en Kadar y estar con Aziz, lo cual era aún más peligroso que cualquier mascarada.

–Lo siento, no puedo. Es demasiado arriesgado.

–¿Crees que no soy consciente del riesgo? –preguntó él en tono despreocupado, pero ella percibió la tensión y el enfado contenidos.

–Por supuesto que sí.

–Estoy seguro de que te das cuenta de que tengo mucho más que perder que tú. En el caso de que nos descubrieran, tu papel en la trama se explicaría con facilidad y no tendría mayores consecuencias. Al fin y al cabo, eres mi empleada. Podía haberte coaccionado o amenazado con despedirte.

–¡No serías capaz!

–Claro que no. ¿Qué clase de hombre crees que soy?

–No lo sé, Aziz –aunque sabía que no era de los que chantajeaban y amenazaban. Lo conocía mejor que a cualquier otra persona, lo cual indicaba, tristemente, lo aislada que estaba. De todos modos, le dijo–: Apenas te conozco.

–Llevas seis años trabajando para mí.

–Pero solo te he visto unas cuantas veces al año, durante unos minutos cada vez, para hablar de la casa o de tu calendario social. No te conozco –dijo mirándolo a los ojos.

–Creo que me conoces lo suficiente para saber que no te maltrataría, ni a ti ni a nadie.

–No creo que lo hicieras ni tampoco que me despidieras si me negara a continuar con esta farsa.

–No, tu trabajo está asegurado, si eso es lo que te

preocupa –Aziz hizo una pausa y la miró pensativamente. Ella se encogió ante su mirada. No estaba preocupada por su trabajo, sino por su corazón–. Lo único
que te pido, y sé que es un gran favor, es que me
acompañes a los Jardines Reales. Esta noche volverás
a París.

Parecía tan sencillo y era tan tentador... Ser otra
durante un día, sentirse otra, libre y feliz...

«Deseada».

Olivia contempló los jardines e intentó resistirse.

–¿Y qué harás si no encuentras a Elena? Se supone
que la boda es mañana, Aziz.

–Tengo que encontrarla, Olivia. Y lo haré.

–Pero, si no la encuentras –le presionó ella–, ¿qué
harás? El plazo de las seis semanas acaba mañana.

–Tendré que planear otra cosa. Pero eso no te in-
cumbe, Olivia. Lo único que tienes que hacer es
acompañarme hoy.

–¿No podrías decir que la reina está indispuesta o
cansada?

–Nuestra aparición ayer en el balcón fue muy bien
acogida por el pueblo. Y las cosas ya están bastante
inestables. Si la reina no aparece...

–¿Por qué no ha dicho nada Khalil? –preguntó ella
de repente–. Es indudable que sabe lo peligrosa que
es la situación. ¿Por qué no ha reconocido que tiene a
Elena en su poder?

–Porque, incluso en Kadar, el secuestro es un delito. Y Khalil ha apostado porque no querré que la
gente sepa que Elena ha desaparecido.

–Y está en lo cierto.

–Sí.

–¿No puedes hablar con él y hacerlo entrar en razón?

–Posiblemente, si pudiera ponerme en contacto

con él. De momento, no quiere que lo encuentren. De todos modos, estoy seguro de que ninguno de los dos está predispuesto a conversar amigablemente.

Aziz apartó la vista de ella para mirar los jardines.

–Sé que corro un riesgo, Olivia –prosiguió sin volverse hacia ella–. Pero lo corro yo, no tú. Y debo arriesgarme no solo por cumplir con mi deber, sino porque es necesario.

Se volvió hacia ella con una triste sonrisa.

–Y no en beneficio del país, sino de mi alma. Me dijiste que insistía en reclamar el título a causa de mi padre y tenías razón. En parte he vuelto a Kadar por eso. Pero otra parte más importante es la de reivindicar el pasado de mi país para sanarlo y curarme el alma. Durante toda mi infancia me sentí inferior. Quiero demostrarme a mí mismo y a mi pueblo que mi padre se equivocaba: que puedo ser un buen gobernante –su sonrisa se volvió burlona–. Y ahora podemos dar paso a los violines y tú debes buscar un pañuelo para secarte las lágrimas.

–No hace falta –dijo ella, aunque estaba emocionada por la sinceridad de Aziz–. Pero te entiendo más de lo que crees.

¿No se jugaba también ella el alma? Aziz la estaba devolviendo a la vida, por doloroso que le resultara. Tal vez cuando regresara a París se sentiría con fuerzas y lo bastante viva como para desear, sentir e intentar hacer algo, como él lo estaba intentando.

Se estaban ayudando mutuamente de forma totalmente imprevista.

–Si deseas volver a París hoy, respetaré tu decisión.

Esperó en silencio a que ella le respondiera. Olivia sabía que le tenía que dar una respuesta inmediata e inequívoca.

Y sería que no, naturalmente. Aquella farsa ya había durado demasiado. No le debía nada, con independencia de lo que sintiera por él. Y era peligroso quedarse allí y estar con él. Peligroso no por sustituir a la reina Elena, sino porque su corazón había revivido.

–¿Y bien? –preguntó Aziz.

Ella lo miró a los ojos. Sus preciosos ojos grises estaban llenos de un dolor que le llegó al alma. Respiró hondo para decirle: «Lo siento, Aziz, pero no puedo hacerlo». Sintió resonar las palabras en el cerebro, pero las que salieron de su boca fueron otras.

–De acuerdo, Aziz, lo haré.

Capítulo 6

OLIVIA se miró maravillada al espejo. Si ya pensaba que estaba distinta con el cabello oscuro, con el vestido árabe que Mada y Abra le habían puesto parecía otra persona. Unos ojos grises desconocidos la miraban desde el espejo y un velo negro de gasa le cubría la nariz y la boca. Un *hijab* le ocultaba el cabello, y el cuerpo estaba envuelto en un voluminoso vestido árabe de color gris y bordados plateados.

No se imaginaba a la elegante reina Elena llevando semejante atuendo. Y, aunque Olivia hubiera accedido a hacerlo, le parecía que no estaba sucediendo de verdad.

Durante toda la mañana, desde que le había dicho a Aziz que lo haría, no la había abandonado la sensación de incredulidad. La deslumbrante sonrisa con la que le había respondido él había disuelto sus últimas dudas. Pero debía tener cuidado con los sentimientos que le inspiraba Aziz. Le gustaba más de lo que se hubiera podido imaginar. Y, si se lo consentía a sí misma, estaba lista para sentir mucho más por él.

Pero no se lo consentiría.

El resto de la mañana lo había dedicado a prepararse: a peinarse, ponerse las lentillas, que le irritaban los ojos, y a vestirse. A convertirse en una desconocida. Pero había accedido porque quería ayudar a Aziz. Quería estar con él. No solo le gustaba, sino que

le gustaba estar con él. En su presencia, se sentía
como la chica que había sido: más ligera, más feliz y
más esperanzada, a pesar de que pensaba que la esperanza hacía tiempo que la había abandonado.

«¿No te das cuenta de lo peligroso que es esto?»,
se preguntó.

Llamaron a la puerta y apareció Malik.

–Señorita Ellis –dijo lanzándole una mirada de
aprobación–, está usted muy bien.

–No creo que se pueda reconocer a nadie bajo todo
esto –dijo Olivia, y Malik, que generalmente tenía una
expresión seria, sonrió.

–Eso nos favorece. ¿Está lista?

–Supongo que sí.

–El jeque Aziz quiere repasar los detalles con usted esta tarde, antes de salir. La llevaré con él.

Olivia lo siguió mientras oía el roce del vestido en
el suelo. Se sentía extraña, como si fuera a una fiesta
de disfraces.

Malik abrió una doble puerta e introdujo a Olivia
en un elegante salón. Cerró para dejarla a solas con
Aziz. Olivia vio que llevaba un atuendo tradicional y
un turbante.

–El cabello oscuro y los tacones te favorecían e,
increíblemente, esto también –sonrió y ella le devol-
vió la sonrisa, inapreciable bajo el velo.

–¿Crees que este podría ser mi nuevo uniforme de
ama de llaves?

–Me lo pensaré –respondió él con aire reflexivo, lo
que hizo que ella sonriera aún más.

–Me siento ridícula.

–Pero estás preciosa. ¿Cómo puede una mujer parecer hermosa cuando se halla completamente cubierta?

–Ni idea.

–Estás muy guapa, Olivia –dijo él acercándosele–. Debiera compararte con los pétalos de una flor.

Ella se rio.

–No, eso estaría ya muy manido. Debieras buscar otro cumplido, Aziz.

–¿Es un cumplido cuando es verdad?

La invadió una oleada de placer. Lo cierto era que se sentía como una flor que, después de haber estado en estado latente y seca, había hallado la luz del sol y el agua.

–Aunque debo reconocer que te prefiero con el camisón de anoche.

Otra oleada de placer la recorrió de arriba abajo, esa más profunda.

Señaló con la cabeza la ropa de él y el turbante.

–¿Forma parte del plan de mostrar respeto a la tradición?

–Desde luego –contestó él mirándose la túnica–. Este atuendo me resulta tan extraño como a ti el tuyo.

–Te queda bien. Debieras ponértelo más a menudo –bromeó ella. Aziz le sonrió.

–Tal vez te dé una sorpresa.

«Ya me las has dado», pensó ella. La devoción de Aziz por su país y su deseo de reinar apuntaba a una profundidad de carácter que ella no se había imaginado. Pensaba que era despreocupado y superficial. Pero el playboy la hechizaba en la misma medida que el hombre reflexivo y profundo que empezaba a conocer. Le gustaba reírse y bromear con él, sobre todo en aquellos momentos, cuando ya sabía que había algo más que su encantadora fachada.

–¿Cuándo tenemos que estar en los jardines?

–Dentro de un rato. Pero antes debo enseñarte unas frases en árabe.

–¿En árabe? –Olivia lo miró alarmada–. ¿Por qué?

–Porque es lo que la gente espera, que hables en su lengua.

–Pero no sé hacerlo –observó Olivia, incapaz de ocultar el pánico.

–No se espera que lo hables bien ni que entiendas lo que dices. Elena solo había aprendido algunas expresiones. Ven –dijo tomándola de la mano.

La condujo a una habitación privada con un diván de terciopelo en el que se sentó y, tirando de la mano de ella, la sentó a su lado. Ella vio dibujarse bajo la tela de los pantalones el muslo masculino, que solo estaba a unos centímetros del suyo. Se quedó fascinada mirándolo.

¿Por qué no se sentía así cuando se sentaba con él en la casa de París a repasar las cuentas? Porque, entonces, no estaba viva de verdad. Aziz aún no la había despertado ni la había hecho desearlo.

Suspiró y se estiró el vestido para hacer algo con las manos. Se obligó a mirarlo a los ojos para dejar de fijarse en la pierna.

–Entonces, ¿qué tengo que decir en árabe?

–Empecemos con el saludo: *as-salam alaikum* –su voz acariciaba las sílabas de esas palabras desconocidas y las hacía parecer expresiones de cariño, aunque solo se trataba de un saludo. El cuerpo de ella no parecía entenderlo.

–*As-salam alaikum* –repitió ella, temiendo que él adivinara la naturaleza de sus pensamientos. ¿Se daba cuenta de cómo reaccionaba su cuerpo ante él? Sentía un cosquilleo por todas partes y temía no ser capaz de controlar la abrumadora necesidad que experimentaba de acariciarlo. ¿Qué haría él si le acariciara el rostro o su poderoso muslo? ¿Si se lo apretara?

–Vamos a intentarlo otra vez –murmuró él sonriendo.

–Estoy nerviosa.

–Es comprensible.

Pero no lo estaba por lo que Aziz creía: la nueva aparición en público, la farsa. Lo que la ponía nerviosa era él: su proximidad y la atracción que sentía hacia él y que le resultaba tan difícil controlar.

–*As-salam alaikum* –repitió él y ella lo imitó lo mejor que pudo–. Bien –dijo él–. Esta es un poco más larga: *Motashare fatun bema refatek*.

–¿Cómo?

Aziz se rio quedamente.

–Ya lo sé, es un trabalenguas. Inténtalo –volvió a decirlo y Olivia lo imitó–. Muy bien, otra vez –ella lo hizo y él sonrió asintiendo al tiempo que le apretaba la rodilla cubierta por el pesado vestido.

A Olivia le pareció que la habían marcado con un hierro candente. Se irguió mientras se producían chispazos en su interior. Aziz se miró la mano, aún alrededor de su rodilla.

–Perdona, me he dejado llevar.

Olivia sabía que bromeaba. Al fin y al cabo, era un playboy. ¿Con cuántas mujeres se habría acostado? ¿A cuántas habría besado? Probablemente ni siquiera recordara sus nombres, y allí estaba ella, temblando porque le había tocado la rodilla bajo una gruesa tela. Debía de pensar que era penosa. Su deseo de él debía de ser humillantemente evidente.

–¿Qué significa? –consiguió preguntar con voz casi normal.

–«Encantado de conocerte» –Aziz hizo una pausa y ella se preparó para que le dijera alguna frase que la avergonzara, como: «Sé que te resulta difícil cuando es evidente que te atraigo tanto». No, se dijo, Aziz nunca diría nada semejante. No creía que tuviera intención de humillarla. Bastante malo era ya leer en sus ojos que sabía lo que le sucedía.

Él se limitó a sonreír y le preguntó otra vez:

—¿Lo volvemos a intentar?

Le enseñó otras expresiones en árabe y le aseguró que nadie esperaba que no cometiera errores de pronunciación.

—¿Hablabas en árabe de niño? —preguntó Olivia cuando hubieron acabado—. ¿Es por eso por lo que lo hablas tan bien? —la cabeza le daba vueltas por la cantidad de palabras nuevas que temía no recordar y por la proximidad de Aziz. Durante la corta clase, la velocidad de los latidos del corazón se le había normalizado y le resultaba más fácil respirar. Pero él se le acercó más y sus muslos se rozaron, por lo que el corazón se le volvió a desbocar.

—Sí, lo hablé en mi infancia —Aziz sonrió, pero ella notó la dureza de su mirada y se preguntó si tendría algún recuerdo infantil agradable.

—Pero no lo has hablado mucho de adulto, ¿verdad? ¿En Europa?

—No muy frecuentemente. Pero creo que uno no se olvida de la lengua de su infancia.

—Pues me has impresionado. Se me dan fatal los idiomas. ¿No te has dado cuenta?

—En absoluto —contestó él con ojos risueños.

—Cada vez que nos trasladábamos a una ciudad nueva, mi padre intentaba que aprendiera el idioma. Pero me resultaba imposible, por mucho que lo intentara.

—Parece que eres alguien que siempre lo intenta por todos los medios posibles.

Sin embargo, no lo había hecho cuando más le importaba porque tuvo miedo y fue débil. Negó con la cabeza sin querer añadir nada más.

No dejaba de contar cosas a Aziz, cosas que llevaba mucho tiempo ocultando a todos. Pero quería decírselas, quería que alguien la comprendiera. Más aún, no quería únicamente que la comprendieran, sino que la devolvieran a la vida. Deseaba volver a ser la chica risueña y despreocupada de su juventud; recuperar la inocencia; volver a ser la chica que ella creía muerta y enterrada.

Y tal vez fuera ese el regalo que Aziz le había hecho. Y, cuando retomaran sus papeles habituales, cuando ella se fuera de Kadar, tal vez pudiera seguirse sintiendo agradecida por que él la hubiera despertado.

Pero despertarse implicaba sentir no solo la alegría, sino la oscuridad y la desesperación; la sensación de que andaba sonámbula por la vida, vacía, sin alma.

–¿Olivia? –Aziz la agarró por los hombros y se los sacudió suavemente–. ¿Dónde estás?

Ella parpadeó y los recuerdos desaparecieron, aunque no la horrible sensación de vacío que experimentaba.

–Estoy aquí.

–Durante unos segundos parecías perdida en tus recuerdos, y no debían de ser buenos –dijo él con el ceño fruncido.

Ella consiguió sonreír.

–Estoy bien –lo cual no era una respuesta y, además, no era verdad.

Aziz la miró durante unos segundos sin apartar las manos de sus hombros. Olivia lo miró también y, a pesar del vacío que sentía, el corazón comenzó a acelerársele y los huesos a derretírsele. No quería que la soltara y, durante una décima de segundo, creyó que la iba a atraer hacia sí para besarla o abrazarla. Ni siquiera le importaba lo que fuera a hacerle; lo único que quería era que la acariciara.

Llamaron a la puerta y Aziz la soltó lentamente y de mala gana. Olivia se recostó en el diván. El corazón le latía con tanta fuerza que pensó que él lo oiría.

–Adelante –Malik entró.

–Majestad, el coche está listo.

–Gracias, Malik –Aziz se volvió hacia Olivia con su encantadora sonrisa habitual. Parecía haber olvidado la intensidad del momento anterior, aunque ella seguía padeciendo las consecuencias–. Su carroza la espera, señora.

Ella sonrió a su vez, se levantó del diván y lo siguió.

Un Sedán oscuro de cristales tintados los esperaba en el patio del palacio. La verja estaba cerrada, pero, al otro lado, había una fila de espectadores que los vitorearon, cuando salieron del palacio, con tanta fuerza que Olivia retrocedió.

Aziz la sujetó poniéndole la mano en la parte baja de la espalda.

–La gente ya te adora.

–Te refieres a que adora a la reina Elena.

–¿Cómo van a adorarla a ella –murmuró él– cuando ni siquiera se halla aquí?

–Es la idea de ella –contestó Olivia antes de montarse en el coche–. La idea de tu prometida. Da igual quién sea –por la inmovilidad y la mirada de Aziz se diría que había dicho algo trascendental–. ¿Qué pasa? –le preguntó, pero él se limitó a negar con la cabeza.

–Nada.

«Da igual quién sea».

Las palabras resonaban en el cerebro de Aziz: «Da igual quién sea, da igual quién sea...».

Lo único que necesitaba era a una mujer dispuesta

a casarse con él. Elena era adecuada, pero no estaba allí. Y, si no la encontraba, dejaría de ser adecuada.

Pero Olivia estaba allí.

Aziz se quedó anonadado ante la rapidez con la que estaba dispuesto a intercambiar a una prometida por otra. Y también sorprendido por no haberlo pensado antes.

Le quedaban dos días. Olivia estaba allí. Todo parecía muy sencillo.

Claro que no lo era ni remotamente. A Elena y a él les convenía casarse, pero no a Olivia. No tenía motivo alguno, y probablemente tampoco deseo alguno, para casarse con él.

La miró. Llevaba el rostro prácticamente oculto. Pero conocía la curva de su mejilla y sus labios carnosos. Los había besado.

Existía atracción entre ambos, aunque ella quisiera negarlo, además de amistad o, al menos, del comienzo de una amistad. ¿No era una buena base para el matrimonio? Al menos para la clase de matrimonio que deseaba: sin riesgos emocionales.

Y se imaginaba que Olivia también lo deseaba.

Tal vez funcionara.

–Mira, Aziz –Olivia miraba por la ventanilla.

Él miró y vio que las calles del barrio viejo estaban llenas de gente que lanzaba flores al coche. Observó que una rosa roja chocaba contra la ventanilla y caía al suelo.

Su pueblo quería a su prometida.

A su falsa prometida, a la prometida que pensaba que era la reina Elena de Talía, no un ama de llaves de París.

¿Qué iba a hacer?

–Somos muy populares –dijo sonriendo a Olivia para tranquilizarla. Estaba pálida.

–Esto puede salir muy mal –afirmó ella en voz baja sin dejar de mirar a la multitud. El coche había disminuido la velocidad al máximo.

–Solo para mí, no para ti.

–Sabes que me afectará –se recostó en el asiento y cerró los ojos–. Debo de estar loca para haberme prestado a esto.

Aziz quiso tranquilizarla, pero sabía que no podía, al menos de momento. Estaban en el coche y ella vestía como la reina Elena. Detener la farsa sería desastroso para ambos.

–Lo siento –dijo de repente, por lo que ella abrió los ojos y lo miró. Él le sostuvo la mirada como si hubiera una conexión entre ambos.

–Gracias por decirlo –contestó ella sonriendo levemente–. Aunque no puedas hacer nada al respecto.

–Así es –le indicó la calle con un gesto de la cabeza. Habían salido del barrio viejo y estaban entrando en la plaza central del distrito moderno de Siyad. También se hallaba llena de gente que les lanzaba flores y regalos–. Toda esa gente no va a marcharse.

–Supongo que no.

Él la tomó de la mano. Necesitaba su contacto y pensaba que ella también el suyo.

–Todo va a salir bien, Olivia. Lo harás de maravilla. Eres elegante, graciosa y preciosa, además de cálida y simpática cuando te relajas.

–¿Tratas de levantarme la moral? –preguntó ella sonriendo–. ¿Cómo voy a relajarme delante de esa multitud?

–Si hay alguien que puede hacerlo, eres tú –le apretó los dedos antes de soltarle la mano–. Hemos llegado –el coche se había detenido frente a la puerta de los jardines. Varios miembros del personal de seguridad habían bajado del coche que los precedía y habían abierto un pasillo hasta la puerta. Aziz respiró hondo y sonrió a Olivia–. ¿Preparada?

–Todo lo que puedo estarlo –respondió ella con ligereza. Aziz la contempló con admiración. No solo era competente, sino valiente, fuerte, dulce e increíblemente sexy.

–Así me gusta –murmuró. Ella desvió la mirada para ocultar su sonrisa.

Uno de los hombres de Aziz les abrió la puerta.

–Vamos –dijo él tomándola de la mano para ayudarla a bajar del coche.

Capítulo 7

LOS FLASHES cegaron momentáneamente a Olivia mientras una lluvia de flores caía a sus pies, lo que la hizo tropezar al bajar del coche.

Aziz le pasó el brazo por la cintura para sujetarla y ella recuperó la confianza. Alguien le habló en árabe, una jerga incomprensible, y Aziz le murmuró al oído: «*As-salam alaikum*».

Ella lo repitió y consiguió esbozar algo parecido a una sonrisa, aunque después se dio cuenta de que nadie podía verla tras el velo. Era evidente que la gente que había a su alrededor la había entendido, porque sonrieron más abiertamente y la volvieron a vitorear.

Olivia siguió sonriendo y asintiendo. Notaba la cabeza ligera y el corazón parecía querer salírsele del pecho. Aziz se separó unos metros de ella y Olivia sintió la pérdida: necesitaba su fuerza. Lo necesitaba a él.

Una anciana la tomó de la mano y le dio palmaditas en ella murmurando algo en árabe. A Olivia se le saltaron las lágrimas.

Estaba conmovida y se sentía humilde y avergonzada a la vez. Quería que aquella farsa fuese realidad.

Consiguió recordar lo que le había enseñado Aziz: *Motashare fatun bema refatek*. Lo dijo muy mal, pero la mujer la entendió y sonrió. Aziz esbozó una sonrisa y sus ojos demostraron su aprobación con tanta calidez que ella se sonrojó.

La tomó de la mano y la condujo entre la multitud hasta las puertas de los Jardines Reales. Una cinta roja las recorría. Alguien entregó a Aziz un cuchillo. Él bromeó sobre él en árabe, ya que las personas que había a su alrededor se rieron y asintieron. Alzó el cuchillo por encima de la cabeza y cortó la cinta en dos. Todos lo vitorearon. Olivia aplaudió.

La gente deseaba quererla, igual que deseaba querer a Aziz. ¿Cómo no se daba cuenta él de que su pueblo estaba dispuesto a aceptarlo?

Porque no se aceptaba a sí mismo.

Otra persona se dirigió a ella en árabe sonriendo y señalándole el velo. Olivia supuso que la gente quería ver a la prometida de Aziz, pero aprobaba el respeto por la tradición, como había mencionado Aziz.

Ella se dio una palmaditas en el *hijab* tratando de expresar lo extraño, y al mismo tiempo aceptable, que era llevarlo. La mujer con la que estaba hablando la entendió, ya que aplaudió y soltó una carcajada.

Olivia se sintió esperanzada y feliz. Llevaba aislada tanto tiempo que había olvidado lo mucho que echaba de menos estar con gente. Aparte de hablar con la portera de la casa de enfrente, llevaba seis años viviendo aislada por elección propia.

Tal vez recuperara por fin la fuerza para hacerlo de otro modo. Tal vez fuera el regalo que le haría Aziz.

Aziz la tomó de la mano y entraron a los jardines. La verja se cerró tras ellos, dejándolos solos en medio de un oasis de belleza y aromas.

—¿No viene nadie con nosotros? —susurró Olivia.

—No, este rato es para nosotros como pareja.

—Es un alivio.

—Creo que los has engañado.

Olivia se mordió el labio inferior al recordar a la anciana que le había sonreído y dado palmaditas en la mano.

—Me siento una farsante y una mentirosa.

—Yo también.

—Pues no deberías. No estás fingiendo ser otro.

—¿No?

—Me da la impresión de que lo crees, pero tu interés es auténtico. Lo sé. Y ellos también. Tal vez no lo veas, pero la gente desea aceptarte y quererte.

—Puede que lo desee la gente de Siyad, y solo porque soy sofisticado y tengo glamur.

—Es que es así —bromeó ella.

—Eso es solo la fachada. No soy así.

Ella dejó de caminar.

—Entonces, ¿quién eres en realidad, Aziz?

Él se detuvo también y, durante unos segundos, Olivia pensó que iba a decirle algo importante. Sin embargo, se volvió hacia ella con una sonrisa.

—No voy a contestarte hasta que tú no lo hagas.

—¿A qué te refieres?

—No irás a decirme que eres un libro abierto, Olivia. Ocultas algo.

—No lo oculto, sino que no pienso en ello. ¿Por qué recrearse en los malos recuerdos?

—En efecto, ¿por qué? Estoy en un hermoso jardín con una hermosa mujer —la miró con ojos risueños—. ¿Con qué te compararía? No con los pétalos de una rosa, porque eso ya lo has oído.

—Seguro que se te ocurre algo.

—Déjame pensar —se paseó por el sendero con las manos detrás de la espalda—. De todos modos, lo digo en serio, Olivia. No te comportas como si lo supieras o lo creyeras, pero eres hermosa.

A ella la turbó la sinceridad de su voz y la seriedad

de su rostro. Sintió la boca seca y se humedeció los labios con la lengua mientras negaba con la cabeza.

—Aziz... —no sabía cómo expresar lo que sentía, la esperanza y el miedo. Le encantaba estar con él, le encantaban su atención y su interés, pero tenía miedo. Revivir aquellos sentimientos la asustaba porque podía volver a sufrir.

—Es un hecho objetivo —dijo él sonriendo—. Y no he podido evitar observarlo.

—Encantador como siempre —contestó ella medio en broma—. No es de extrañar que te llamen «el caballero playboy».

—Es un apodo estúpido.

—¿Por qué te lo pusieron?

—Porque entrevistaron a una de mis antiguas amantes que dijo que me había comportado como un caballero durante toda la relación.

—¿Y a qué se refería con eso?

—Qué curiosa eres, Olivia —dijo él con una sonrisa burlona.

—Puede que lo sea —contestó ella con valentía—. Pero puede que no vea cómo pueden ir juntos «caballero» y «playboy».

—Muy sencillo. Se trata de elegir a mujeres que solo quieran acostarse contigo —afirmó él con voz dura y apartando la vista, lo cual aumentó la curiosidad de ella.

—¿No es eso lo único que quieres? —preguntó. Era lo que parecía, a juzgar por las numerosas relaciones sin trascendencia de las que ella había sido testigo a lo largo de los años.

—Claro que sí. ¿Cómo iba a querer algo más? —sus palabras y su voz sonaron amargas. Olivia no lo entendía. Aziz reconocía que había elegido esa forma de vida, que no deseaba relaciones serias. Pero, en ese momento, ella se preguntó si una parte de él las deseaba.

Del mismo modo que una parte de ella las deseaba: la parte viva y despierta clamaba que quería algo más.

–Vamos a mirar esas flores –dijo él. Era evidente que había recuperado el buen humor. Tiró de la mano de ella para que lo siguiera–. Tendré que decir algo sobre ellas cuando salgamos de aquí.

Olivia miró unos arbustos con flores que no conocía. Los carteles que indicaban lo que era cada planta estaban en árabe y en inglés.

–Esta es muy bonita –dijo ella indicando una rosa roja–. ¿Cómo se dice «bonita» en árabe?

–«*Jameel*» –respondió Aziz. Cuando ella se volvió, él la estaba mirando con la misma intensidad que antes, o incluso más. Había más deseo en su mirada.

El corazón de Olivia se desbocó. Quería que la besara, lo deseaba tanto que comenzó a temblar.

–Sigamos andando –dijo Aziz con voz ronca. La tomó del codo y la guio por los senderos flanqueados de flores y arbustos.

Otro momento intenso se había vuelto a romper, pero el deseo no había abandonado a Olivia.

–¿Qué harás cuando seas jeque? –preguntó ella cuando se hubieron adentrado en el jardín. Los sonidos de la ciudad hacía tiempo que habían desaparecido–. ¿Qué esperas conseguir?

–Buena pregunta. Ya te he dicho que quiero ser un buen gobernante, honrado y justo –miró a Olivia con una sonrisa que a ella le pareció vulnerable–. Sé que es ridículo, si tenemos en cuenta la mentira en que nos hallamos metidos cuando apenas acabo de empezar a gobernar.

Ella no respondió. Aunque no le gustara la farsa en la que estaba interviniendo entendía lo que había llevado a Aziz a organizarla. De todos modos, ¿quién era ella para hablar de secretos y mentiras, cuando llevaba diez años guardando secretos y contando mentiras?

—Comprendo por qué has hecho lo que has hecho. En momentos desesperados se requieren medidas desesperadas.

—Sí, supongo que sí. Pero espero dejar todo esto atrás. Quiero instalar Kadar en el siglo XXI. Quiero conceder más derechos a las mujeres, nacionalizar el sistema de salud y atraer a más empresas internacionales para que se instalen en Siyad —soltó una carcajada—. Ahora sí que estoy haciendo el ridículo.

—En absoluto. Son todos proyectos admirables.

—¿Y cómo crees que conseguiré llevarlos a la práctica? —Aziz se detuvo y miró el cielo—. Es posible que el pueblo no me acepte como jeque.

—Eso es lo que tú dices, pero no veo por qué no iban a hacerlo. Parece que te quieren —afirmó ella señalando hacia las puertas del jardín.

—Les encanta la idea de mi matrimonio, que puede que nunca tenga lugar. Me tengo que casar mañana y no he encontrado a Elena.

—¿Qué quieres, Aziz? —preguntó ella con los brazos en jarras—. ¿Que la gente caiga rendida a tus pies? Debes trabajar con lo que tienes. Ve a visitar las tribus del desierto y habla con ellas. Puedes hacerlo —dio un paso hacia él—. Ya lo estás haciendo, aunque no te des cuenta. Ahí fuera te has comportado con naturalidad con todo el mundo, charlando, riendo y escuchando. A la gente le gusta tu sinceridad, no que seas un playboy. Los habitantes de Siyad quieren un líder que los escuche, y los del desierto querrán lo mismo.

Él la miró casi sorprendido ante lo apasionado de su discurso. Olivia se dio cuenta de que había hablado con fiereza, pero se debía a que creía lo que había dicho. Creía en Aziz.

–Te pareces a la enfermera del internado en que estuve a los siete años. También me decía que dejara de lloriquear.

–Yo no te he dicho eso –protestó Olivia.

–No, me has dicho cosas muy agradables y te lo agradezco.

–No eran elogios. Lo creo de verdad.

Durante unos segundos, él pareció verdaderamente conmovido y sin saber qué decir.

–Gracias –se limitó a decir, al final.

Pasearon un poco más mientras escuchaban el gorjeo de los pájaros.

–Ahora te toca a ti –dijo él–. Has intentado levantarme la moral. Ahora voy a hacerlo yo.

–No lo necesito.

–¿Ah, no? ¿Por qué llevas tanto tiempo escondiéndote, Olivia? ¿Qué tristeza te liga al pasado hasta tal punto que crees que no tienes un futuro?

–No es eso –dijo ella negando con la cabeza.

–¿Por qué, si no, una joven preciosa como tú se oculta en una casa vacía y se dedica a limpiar habitaciones que nadie ve prácticamente nunca? Eso no es lo que quieres hacer con tu vida. No es lo que quieres ser.

–No sabes nada de mí –contestó ella. Aziz dio un paso hacia ella y la miró con fiereza.

–Pues cuéntame algo.

–Hablábamos de ti.

–Y ahora hablamos de ti. ¿Por qué te escondes de la vida, Olivia? ¿Qué te pasó que te hace tener tanto miedo?

–No tengo miedo. Simplemente es más fácil así.

–¿Por qué?

Ella inspiró profundamente y dejó salir el aire muy despacio.

—Perdí a una persona —dijo, finalmente, con voz extraña y distante—. A alguien que era increíblemente... increíblemente... —se detuvo por ser incapaz de articular una palabra más. Nunca hablaba de Daniel—. Importante para mí —consiguió decir—. Y cuando pierdes a alguien así... Te impide volver a intentarlo. Te impide creer siquiera que puedes intentarlo, aunque lo desees.

No miró a Aziz por miedo a romper a llorar. Pero notó que él la miraba y sintió su mano en la mejilla, por debajo del velo.

—¿Lo querías mucho? —preguntó él en voz baja, y ella supo que creía que hablaba de un hombre, de un amante.

—Lo quería más que a mi vida —contestó ella, porque añadir algo más hubiera sido traicionar a Daniel, y ya lo había traicionado una vez—. Lo sigo queriendo y lo querré siempre.

La mano de Aziz seguía en su mejilla. Olivia resistió la tentación de apoyarse en ella, de buscar consuelo en su caricia.

—Te acompaño en el sentimiento.

—Fue hace mucho tiempo —dijo ella sonriendo temblorosa.

—Aunque sea así —seguía sin bajar la mano y ella se arriesgó a mirarlo. La compasión y amabilidad que vio en sus ojos fue como recibir un golpe en el pecho, en el corazón.

—Aziz... —susurró ella sin saber por qué, sin saber qué le estaba pidiendo.

Pero Aziz debía de saberlo, ya que se le oscurecieron los ojos, le bajó el velo y le acarició el labio inferior con el pulgar. Dio un paso hacia ella, por lo que

Olivia percibió el calor de su cuerpo y el olor de su loción para después del afeitado.

–Olivia... –dijo él en voz baja. Y de pronto, sin saber ella quién se había movido primero, se besaron. Y fue tremendamente tierno y dulce besarlo como llevaba deseando hacerlo desde siempre, o eso le pareció. Y que él la besara.

Le clavó las uñas en los hombros cuando él la apretó contra sí. La dulzura dio paso a la urgencia, a una necesidad repentina y abrumadora.

–Olivia... –murmuró él contra su boca mientras con sus manos le recorría el cuerpo sobre el grueso vestido buscando las curvas que ocultaba la pesada tela. Le introdujo la lengua en la boca y ella gimió.

Las caricias de Aziz eran como una droga a la que ella se hizo adicta de inmediato deseando más. Lo necesitaba con total urgencia.

Él le sostuvo el rostro entre las manos y le quitó el *hijab*. Las horquillas cayeron al suelo y él siguió besándola. Y cada nuevo beso era una marca en el corazón de ella que le aseguraba que nunca olvidaría aquello, que nunca olvidaría a Aziz.

La había cambiado. Nadie antes había producido en ella un efecto similar. La había conmovido con su risa, su comprensión y sus besos.

Olivia deslizó las manos bajo la túnica de Aziz, notó el calor de su piel y se apretó más contra él. Aziz consiguió introducir la mano por delante del vestido y le rozó un pezón con el pulgar. Ella ahogó un grito de placer y sorpresa.

Su sonido los sobresaltó a los dos. Aziz sacó bruscamente la mano del vestido y retrocedió rápidamente con una expresión en el rostro que, en cualquier otra situación, hubiera resultado cómica.

De pronto, Olivia se dio cuenta de que tenía el cabello despeinado, la ropa en desorden, el *hijab* caído y los labios hinchados; y un deseo que rugía en su interior exigiendo satisfacción.

Miró a Aziz. Le resultaba tan increíble lo que acababa de suceder que ni siquiera estaba avergonzada... aún. La realidad se impuso, le recordó que Aziz estaba a punto de casarse con otra mujer, que ella llevaba más de una década sin besar a nadie y que lo que acababa de hacer era algo más que una estupidez.

Temblando, consiguió soltar una carcajada.

—Si alguien nos ha visto, estoy segura de que estará convencido de tu boda de cuento de hadas —apartó la vista y se volvió porque no se fiaba de la expresión de su rostro ni deseaba ver la compasión en la de Aziz.

¿Lo había besado ella primero? Él la había respondido, pero tal vez solo porque eso era lo que hacía un caballero cuando una mujer se lanzaba sobre él. ¿Era lo que ella había hecho? Y eso que iba a estar serena, tranquila, distante y a salvo...

—Tengo que hacer algo con el cabello —afirmó ella con voz temblorosa.

—Deja que te ayude —Aziz se puso en cuclillas en el sendero y comenzó a recoger las horquillas. Ella se alisó el vestido para tener las manos ocupadas. Rogó que él no se diera cuenta de cómo le temblaban, de lo afectada que estaba.

Él le rehízo el moño. Resultaba algo tan íntimo como un beso tenerlo detrás de ella, con su aliento rozándole la nuca mientras le arreglaba el peinado. Ella se quedó muy quieta, tensa pero llena de deseo, una combinación imposible. Él le puso las horquillas lenta y delicadamente, le colocó el *hijab* y le ajustó el velo.

—Creo que ya estás presentable.

Ella seguía con la cabeza gacha, incapaz de mirarlo.

–¿Y si la gente se da cuenta?

–Estará contenta. Como has dicho, todo forma parte del cuento de hadas –ella trató de alejarse, pero él se lo impidió poniéndole las manos en los hombros–. Olivia...

–¿Qué?

–No quería que sucediera esto.

Así que ella lo había besado primero. Cerró los ojos y luchó contra la humillación y el dolor que la invadían.

–Yo tampoco.

Él se rio quedamente.

–Ya sé que no.

¿Lo sabía? Olivia abrió los ojos. Él seguía sujetándola por los hombros y su cuerpo seguía estando próximo al de ella. Bajó la cabeza de modo que sus labios estuvieron a punto de rozarle la mejilla.

–Nadie nos estaba mirando. No ha sido un espectáculo, sino que, simplemente, te he besado porque lo deseaba y porque, durante unos segundos, me ha parecido que no tenía elección: debía besarte.

Igual que ella a él. Olivia debiera haberse sentido contenta, pero solo se sentía confusa y asustada. Aquello no iba a ningún sitio, al menos a ningún sitio que fuera bueno. Abrirse a Aziz acabaría por hacerla sufrir.

–Es evidente que no sabes controlar tus impulsos –dijo ella en tono seco al tiempo que se separaba de él y seguía dándole la espalda mientras se retocaba el cabello–. ¿Cómo es que eres tan hábil peinando a una mujer?

–Es producto de la experiencia, desde luego –afirmó él en un tono que volvía a ser ligero.

La intimidad del momento había desaparecido, por lo que Olivia se sintió contenta y decepcionada a la vez.

–Tendríamos que volver –dijo Aziz. Le colocó mejor el velo–. Nos esperan.

Olivia lo siguió en silencio por los jardines, un silencio opresivo más que tranquilo. La tensión aumentaba entre ambos. Divisaron la verja y la multitud a lo lejos. Olivia sabía que, una vez allí, no podría hablar con Aziz. Y esa noche volvería a París.

Pero ¿qué podía decirle? No sabía lo que había sucedido en el jardín, quién había besado a quién ni por qué. No sabía por qué la ternura se había convertido tan deprisa en una pasión que llevaba años sin sentir, suponiendo que la hubiera experimentado alguna vez. Ni siquiera sabía si deseaba sentirla, si quería entregarse a semejante deseo, a pesar de que su cuerpo insistía en que lo hiciera.

Así que no le dijo nada.

Avanzaron entre la multitud y ella, con los ojos bajos, musitó las expresiones árabes que Aziz le había enseñado.

Él la ayudó a montarse en el coche y volvieron a toda velocidad al palacio, sin haber intercambiado una palabra desde que habían salido de los jardines.

Olivia lo observó de reojo y vio que miraba por la ventanilla, con el brazo sobre el marco y los dedos oprimiéndose la sien. Ella pensó que parecía cargar el peso del mundo sobre los hombros o, al menos, el de un país.

–Puede que haya noticias de Elena cuando lleguemos –dijo ella.

–Sí, puede –contestó él abandonando su ensimismamiento.

Aziz no había tenido intención de besarla. La culpabilidad lo corroía por dentro mientras se dirigían al palacio. Pero el beso había sido sorprendente, increíble. Lo que al principio parecía que no sería más que un leve roce se había convertido en algo más fiero y profundo, más real que lo que había sentido en toda su vida.

Aunque hubiera tenido muchas amantes y numerosas experiencias mutuamente satisfactorias en la alcoba, solo habían sido eso: experiencias. No se trataba de relaciones, ni siquiera de conexiones. Solo la unión placentera de dos cuerpos, que era lo que él siempre había deseado, ya que cualquier otra cosa implicaba la posibilidad de sufrir.

Sin embargo, al besar a Olivia había sentido algo distinto, más profundo. Y, durante unos segundos, había deseado una clase de vida y de amor que nunca se había permitido tener.

Pero no había sitio para el amor en ninguna de sus relaciones ni en su matrimonio con Elena, ni en el que en aquel momento contemplaba con Olivia.

El Sedán entró en el patio del palacio. Aziz ayudó a bajar a Olivia mientras mil posibilidades le bullían en el cerebro.

Su boda se celebraría al día siguiente, pero ¿con qué novia?

Mientras se dirigían a la puerta del palacio, Aziz notó que Olivia había recobrado la compostura. En el jardín había observado lo conmocionada que estaba por el beso, así como su determinación de no demostrarlo.

–¿Quieres tomarte un té cuando te hayas cambiado? Tengo té inglés –dijo él como si fueran a verse simplemente para despedirse. Ella vaciló y él supo que se debatía entre su deseo de estar con él y el de estar a salvo.

A él le sucedía lo mismo. Cada vez era más consciente de cuánto se parecían. Los dos se protegían el corazón, ocultaban su verdadero yo y sus deseos más profundos. Pero lo hacían de modo distinto.

—De acuerdo —dijo ella. Cuando se hubo ido, Aziz se dirigió a su despacho, donde estaría Malik para informarlo de las últimas novedades.

—¿Y bien? —preguntó al entrar mientras se quitaba el turbante—. ¿Hay noticias?

—Me temo que no. La reina Elena estaba en el campamento, pero Khalil y ella se habían ido cuando llegaron sus hombres, Majestad.

—¿Es que alguien les avisó de que iban a llegar?

—Es difícil saberlo. Creo que Khalil ha buscado refugio en una de las tribus del desierto. Ellas lo esconderán.

—Ya lo sé —Aziz se presionó las sienes. Comenzaba a dolerle la cabeza—. ¿Cómo puede tener la lealtad de gente a la que no conoce?

—Es posible que represente algo para ellos, la tradición, que Hashem no respetó al desterrar a su esposa y casarse con otra mujer.

—Pero su primera esposa le había sido infiel —dijo Aziz con amargura. No se compadecía de Khalil ni de su madre después de todo lo que su madre y él habían sufrido al sustituirlos—. Así que Khalil se ha llevado a Elena a otro campamento del desierto y tenemos que volver a empezar.

—No puede haber ido muy lejos.

—Puede estar en cualquier parte. No nos queda casi tiempo, Malik —Aziz se acercó a la ventana—. Me caso mañana, que es cuando acaban las seis semanas. Si para entonces no me he casado, con referendo o sin él, el país será presa del caos y estallará una guerra civil. Y no podré impedirlo. La lealtad de la gente está muy dividida.

–Siyad está con usted, Majestad.

–Pero solo Siyad.

No encontraría a Elena antes de que finalizara el plazo de las seis semanas. No permitiría que Khalil reclamara el trono y no quería convocar un referendo. Tendría lugar una guerra civil cuyas consecuencias, la ganara o no, serían desastrosas para el país.

–Debo casarme.

–Todavía podemos encontrarla.

–No, ya es tarde. Nos hemos quedado sin tiempo, Malik –dijo volviéndose hacia él desde la ventana–. Tengo que casarme, y lo haré mañana.

Tendría que convencer a Olivia, ya fuera gracias a su encanto, mediante el razonamiento o incluso la coacción. Su corazón se rebelaba contra la idea, pero su voluntad debía prevalecer. Esbozó una sombría sonrisa.

–Al fin y al cabo, la novia está aquí.

Olivia se puso su blusa blanca de algodón y sus pantalones oscuros con un suspiro de alivio, como si se estuviera recuperando a sí misma y desterrando el recuerdo del beso de Aziz y del deseo que había despertado en ella.

Volvía a París. Sin embargo, sabía que no volvería a ser la que había sido, un ser humano frío y sin vida. Tampoco lo deseaba después de haber estado con Aziz, hablado y reído con él.

Después de haberlo besado.

Le resultaba imposible eliminar el recuerdo de aquel increíble beso. Si hubieran seguido unos minutos más, ¿qué hubiera pasado?

Respiró hondo. Lo que hubiera podido pasar no

había sucedido. Se habían detenido, y esa noche regresaba a París.

Y aunque no pudiera volver a su antigua vida, hallaría consuelo en la rutina de cuidar de la casa de Aziz. Y podría comenzar poco a poco a hacer cosas para sí misma, como hacer algún curso o hacer amigos.

La idea, en vez de animarla, la deprimió. No quería seguir cursos ni hacer amigos: lo único que deseaba era a Aziz.

Apartó ese pensamiento mientras se recogía el cabello y fue al encuentro de Aziz. Lo vería por última vez y seguiría adelante, lo quisiera o no su corazón.

Uno de los servidores de palacio la acompañó hasta una suite. Había dos sofás, uno frente a otro, y la bandeja de plata con el té se hallaba en medio. Olivia estaba pensando si servirse una taza o no cuando entró Aziz por una puerta que daba a otra habitación. Llevaba unos vaqueros gastados, una camisa que no se había abotonado y una toalla al cuello. Tenía el cabello húmedo.

Olivia se puso rígida y lo miró con los ojos como platos, sin poderlos apartar de su torso desnudo que dejaba al descubierto la camisa. Tenía la piel oscura y los músculos bien definidos.

—Perdona —dijo él—. No sabía que habías llegado —dejó la toalla en una silla y comenzó a abrocharse la camisa. Olivia se obligó a mirarle el rostro.

—Acabo de entrar. ¿A qué hora sale el avión?

—Eso depende —contestó él mientras comenzaba a servir el té—. Toma —sonrió y le tendió una taza—. Con leche y sin azúcar, ¿verdad?

—Sí. ¿De qué depende, Aziz? —asió la taza y se sentó frente a él, muy inquieta.

—De la conversación que vamos a tener —contestó él dando un sorbo de té.

–Quieres que me quede más, ¿no? –dijo ella dejando la taza de té con fuerza–. ¿De qué se trata esta vez? –a pesar de su tono acusador, no podía negar la emoción que sentía ante la idea de quedarse con él más tiempo.

–No, no quiero que sigas fingiendo que eres Elena.

–Entonces, ¿qué?

–Quiero que seas tú misma y que te quedes como Olivia, no como Elena.

–¿Por qué?

–Porque quiero casarme contigo.

Capítulo 8

NO VAYAS a desmayarte –dijo Aziz con voz risueña. Olivia meneó la cabeza como si quisiera aclararse la mente. El mareo iba acompañado de otros muchos sentimientos y sensaciones: sorpresa, esperanza, miedo y alegría.

–No voy a desmayarme –respondió ella con una voz que a ella misma le sonó extraña–. Simplemente, no me creo que hayas dicho lo que has dicho.

–¿Que quiero casarme contigo?

–Sí.

–Pues es cierto.

Ella se limitó a mirarlo fijamente. Estaba en estado de shock, lo que le impedía hablar; ni siquiera podía pensar. Al cabo de unos segundos pudo construir una frase.

–¿Y la reina Elena?

–No está.

–Eres su prometido. ¿Eso no significa nada para ti?

La expresión festiva abandonó el rostro de Aziz y su voz y sus ojos se volvieron duros como el acero.

–Por supuesto que sí. Pero nos prometimos porque nos convenía a los dos. He aceptado que no voy a encontrarla antes de que se cumpla el plazo de seis semanas fijado por mi padre. Por lo tanto, debo buscarme otra novia.

–Y supongo que yo te sirvo.

–Creo –dijo él en un murmullo cómplice– que, por

el beso que nos hemos dado, es mucho más que eso. Hay atracción entre nosotros...

—Eso no significa que me quiera casar —objetó ella temblando ante la proposición de Aziz. Aunque, en realidad, no le había pedido que se casara con él, sino que se había limitado a declarar su intención—. Me resulta increíble que me hayas sugerido algo así. Es una locura.

—Reconozco que esta situación tiene un elemento de locura. Pero es necesario.

—Para ti —le espetó ella temblando de indignación y de dolor—. Yo no tengo necesidad alguna de casarme, a menos... a menos que vayas a amenazarme con despedirme.

—Ya te he dicho que eso no voy a hacerlo, Olivia. No soy de los que recurren a la coacción o al soborno. Poseo mejores estrategias.

—¿Como cuáles?

—Pretendo convencerte de las ventajas de casarte conmigo.

—Las ventajas —repitió ella. Ya se imaginaba cuáles podían ser algunas de ellas: despertarse a su lado, dormir en sus brazos, saciar el deseo salvaje de él que había sentido en el jardín...

—A juzgar por lo colorada que te has puesto —murmuró Aziz sonriendo—, creo que ya sabes cuáles son.

—¡Maldito seas! —exclamó ella con voz ahogada al tiempo que volvía la cabeza, aunque solo fuera para que no le viera sus ruborizadas mejillas.

—Olivia —dijo él poniéndole la mano en el hombro—, no es mi intención ponerte en una situación embarazosa. La mutua atracción que experimentamos, por inesperada que nos resulte, la considero, ciertamente, una ventaja.

—No te casas con alguien porque te atraiga.

–Claro que no. Pero es mejor que la persona con la que te casas te atraiga, ¿no crees?

–¿Te atrae Elena? –Aziz no contestó. Olivia se volvió hacia él frotándose los brazos como si tuviera frío. Se había quedado helada por la sorpresa, no solo por la proposición de Aziz, sino también por su reacción ante ella, ya que una parte de ella ya le había dado el sí. Él era lo que había estado esperando, lo que necesitaba.

–No pasé el tiempo suficiente con ella para averiguar si nos atraíamos. La vez que nos vimos fue como si hubiéramos acudido a una reunión de negocios.

–Pero ¿no sentiste curiosidad por saber si os gustabais? No hablo de deseo...

–¿De qué estamos hablando, Olivia? –preguntó él suspirando.

–Ibas a casarte con ella. Y, si se produjera un milagro y apareciera ahora por la puerta, lo harías –negó con la cabeza–. Aunque tienes razón: no sé por qué hablamos de Elena ni de lo demás. No voy a casarme contigo, Aziz. No puedo.

–¿No puedes o no quieres?

–Las dos cosas.

Aziz la miró pensativamente y con absoluta calma.

–¿Eres feliz en París, Olivia?

–¿Cómo? ¿A qué viene esa pregunta? –era una buena pregunta, pensó, al borde del pánico. Y no pensaba contestarla.

–Has reconocido en el jardín que has elegido llevar esa vida porque te sientes segura y porque cualquier otra te resultaría difícil.

–¿Y?

–Te ofrezco una alternativa –contestó él sonriendo–. También es segura, pero puede ser más agradable que la vida que llevas. ¿No te sientes sola?

–Uno no se casa porque se sienta solo.

–Estoy seguro de que mucha gente lo hace precisamente por eso.

–Pues yo no. Es una sugerencia absurda. ¡Como si fuera a casarme contigo por sentirme a veces sola! –negó con la cabeza, furiosa–. ¡Qué arrogancia la tuya!

–¿Arrogancia? A mí no me importa reconocer que yo también me siento solo.

–¿Solo? ¿Tú? –se mofó ella.

–Ninguna de las relaciones que he tenido ha sido ni remotamente satisfactoria, salvo en el sentido más básico.

–¿Y quieres algo más?

–No exactamente. Por eso creo que nos complementamos tan bien.

–No te entiendo.

–¿De verdad? –preguntó él sonriendo casi con tristeza. Ella negó con la cabeza negándose a entender–. Somos amigos, creo, y nos atraemos mutuamente. Es una base sólida para el matrimonio.

–Tal vez –concedió ella, pero incluso eso le pareció demasiada concesión. ¿Iba a intentar convencerla? Sabiendo lo persuasivo que era, y lo tentada que ella se sentía, tal vez lo lograra.

Frenética, enumeró para sí los motivos por los que ni siquiera debía plantearse la posibilidad: casi no lo conocía, era un playboy y gobernaba un país. Ella tendría que convertirse en reina, en una figura pública. La sola idea le producía urticaria.

Volvió a negar con la cabeza y Aziz sonrió.

–Creo que dentro de unos segundos va a comenzar a salirte humo por las orejas.

–Es que me parece increíble que me hayas propuesto algo semejante.

–¿De verdad te lo parece, Olivia? –preguntó él mirándola de arriba abajo.

–¿Te refieres a que estás desesperado y soy tu única opción?

–Eso no es del todo verdad. Estoy seguro de que podría encontrar a otra si realmente lo necesitara.

–¿Debo sentirme halagada porque me has elegido?

–No, pero me gustaría que te plantearas la posibilidad seriamente, en vez de rechazarla de plano y sentirte escandalizada.

Ella notó que parte de su ira desaparecía y, con ella, la seguridad que le había proporcionado. Respiró hondo y se sentó en el sofá, frente a él.

–Muy bien, dime lo que piensas, Aziz. Explícame por qué crees que nuestro matrimonio funcionaría –pensó que lo disuadiría mediante la lógica, que lo convencería con argumentos.

Sin embargo, lo más probable sería que la única que cambiara de opinión fuera ella. Estaba jugando con fuego al mantener aquella conversación. Lo más probable sería que se quemara los dedos y que acabara con el corazón partido.

Porque, aunque Aziz estuviera despertando en ella ideas de vida, amor y felicidad, Olivia no se engañaba: lo que él deseaba era un matrimonio de conveniencia.

–Te confieso que no he pensado en los detalles, pero es algo que podemos hacer juntos.

–No vayas tan deprisa –observó ella con aspereza–. Solo quiero saber lo que piensas por pura curiosidad.

–Por pura curiosidad –repitió él sonriendo–. Muy bien. Sería así, más o menos. Mañana nos casamos aquí, en el palacio. El resto podemos hablarlo.

Todo no, pensó ella.

–No te lo tomes a la ligera –dijo Olivia–. Es un asunto muy serio. Si digo los votos, lo haré seriamente.

–Yo también, Olivia. ¿Pero piensas decirlos o se trata de pura curiosidad?

Ella lo miró sin querer contestarle. ¿Por qué seguía hablando de eso?

–Es una locura.

–Lo sé.

–No quiero ser reina, una figura pública.

–Tus apariciones en público podrán reducirse al mínimo. Lo principal serán tu intimidad y tu comodidad.

–Lo último que quiero es vivir en un país extranjero, lejos de todo lo que conozco.

–Eso es algo que se puede hablar. Si te casaras conmigo, podrías dividir tu tiempo entre París y Kadar.

–Pero tú estarías aquí.

–Sí.

Así que lo que realmente le proponía era un acuerdo como el que tenía con Elena: frío, conveniente y con apariciones en público juntos en ocasiones especiales.

Sin embargo, durante cinco minutos, ella había tejido otra fantasía: ella despertándose en la cama de Aziz, a punto de enamorarse de él...

–No veo qué ganaría yo con ese acuerdo.

–Para empezar, compañía, y afecto físico.

–¿Compañía cuando habrá medio mundo entre ambos? Además, ¿qué clase de compañía se van a hacer dos desconocidos? Te lo dije anoche y te lo repito ahora: no me conoces.

–¿Ah, no? –preguntó él sonriendo casi con tristeza.

Ella pensó que la conocía mejor que nadie, lo cual no era decir mucho.

–No.

–Sé que por las mañanas prefieres tomar café y por las tardes té. No soportas el olor a pescado. Te vistes con colores oscuros, pero prefieres los vivos. Sacudes el pie izquierdo cuando estás nerviosa –los dos dirigieron la mirada hacia su pie izquierdo. Ella, exasperada, dejó de moverlo.

–Tu capacidad de observación es encomiable, pero nada de lo que has dicho implica que me conozcas –de todos modos, la había conmovido lo mucho que había observado de ella. Olivia no podía decir que ella supiera lo mismo de él, y le daba la sensación de que Aziz lo prefería así.

–Muy bien. Llevas una vida tranquila.

–Eso te lo he dicho yo.

–Pero no siempre fue así. Quisiste a alguien y no quieres volver a hacerlo. Tienes secretos, pero finges que no es así. Tienes una risa deliciosa, pero nadie la oye.

–Para –susurró ella.

–Te compraste un pañuelo rojo y morado, pero no te lo pones fuera de casa. Tarareas canciones de hace diez años cuando trabajas, pero no conoces ninguna actual. No tocas el piano a menudo, pero, cuando lo haces, das salida a todo tu dolor –él se recostó en el sofá con los brazos cruzados y enarcó una ceja–. ¿Cómo voy?

–Si crees –murmuró ella temblorosa– que saber todo eso de mí va a convencerme de que me case contigo, estás equivocado.

–Porque no quieres que te conozcan. Así que no puedes utilizar eso como argumento, Olivia, que no te conozco. No quieres que lo haga.

Pero ella ya no sabía lo que quería. Apartó la vista, incapaz de soportar la certeza que manifestaban los ojos de Aziz.

–¿Por qué iba a querer casarme contigo?

–Ya te lo he dicho: porque tendrías compañía y por la atracción que hay entre nosotros –Aziz hizo una pausa–. Por el sexo. Por la intimidad, aunque no en exceso –se inclinó hacia delante y ella, contra su vo luntad, volvió a mirarlo–. Es lo que los dos queremos, ¿no? Que sea suficiente, pero no excesiva.

–No sé a qué te refieres exactamente.

–Pues te lo voy a explicar. Tú tendrás tus secretos y yo los míos. Te haré el amor todas las noches, pero no te haré preguntas ni te presionaré para que me des respuestas. No me enamoraré de ti y no te partiré el corazón.

Olivia se llevó la mano al corazón, que le latía desbocado. Aziz lo había dicho para consolarla, pero le resultaba frío. Tal vez fuera algo más que la vida a medias que llevaba, pero ¿sería suficiente?

–Y supones que yo deseo un acuerdo de esa clase.

–Tú misma has reconocido que no buscas amor. Yo tampoco.

La decepción le cayó como una piedra en el estómago.

–¿Por qué no?

–Por las mismas razones que tú, supongo, aunque yo nunca he llegado a querer a nadie.

–Si no te han partido el corazón, ¿por qué tienes tanto miedo de que te hagan sufrir?

–Me lo partieron de niño, aunque no es lo mismo.

–Te refieres a tu padre.

–Mi experiencia con él me hizo reacio a querer a alguien o a confiar en los demás.

–¿Fue cruel contigo?

–No importa. Estamos hablando del futuro, Olivia, de lo que podemos obtener mutuamente.

–¿Y si te dijera...? –«¿y si te dijera que quiero más?», pensó Olivia. No, no podía decírselo–. ¿Y si te dijera que me gusta la vida que llevo?

–No sé si me lo creería.

Ella fue a reprocharle su arrogancia, pero se quedó callada. Estaba harta de fingir y mentir.

–Muy bien. Tal vez me haya perdido algo, pero no estoy segura de que lo que me ofreces me vaya a llenar el vacío.

–Podrías intentarlo.

–¿Y si no funciona?

–Podrás volver a París y a la vida que llevabas. Es cierto que estarás casada conmigo, pero no te causaré problemas.

Sus palabras la entristecieron. Se le llenaron los ojos de lágrimas y volvió la cabeza para ocultarlas.

–Te han hecho sufrir, Olivia. Lo entiendo y lo respeto. Te prometo que yo no te haré sufrir.

–No puedes prometerme eso.

–Haré todo lo que esté en mi mano.

–No es suficiente –Olivia respiró hondo–. De todos modos, estás equivocado. A mí no me destrozó el corazón un hombre, en el sentido que crees.

Aziz se quedó inmóvil y en estado de alerta.

–¿Quién lo hizo, entonces?

Olivia se tragó las lágrimas y miró al vacío. Recordaba la última vez que había hablado de Daniel, cuando su padre le había dicho que lo olvidase. Pero, por increíble que pareciera, quería hablar de él. Quería contárselo a Aziz, hacerle entender...

Era una locura.

–Olivia... –dijo él, y por la forma de pronunciar su nombre le pareció que la entendía, o que lo haría si ella se lo consentía. Y quería hacerlo: anhelaba que la compadecieran.

–Se llamaba Daniel –dijo con voz clara. Alzó la vista para mirar a Aziz a los ojos–. Y era mi hijo.

Capítulo 9

NO ERA lo que Aziz se esperaba. Un hijo, un niño. Contempló el pesar que expresaba el rostro de Olivia y se dijo que era obvio que ella no había tenido una relación amorosa corriente, que su dolor era más profundo.

Se inclinó hacia ella y la tomó de la mano. La tenía helada.

–Lo siento –dijo en voz baja, y ella soltó un sollozo–. ¿Quieres contármelo? –ella miró las manos de ambos, morena la de él; blanca la suya. Aziz pensó que no le diría nada, pero, al cabo de unos segundos, ella comenzó a hablar.

–Tenía diecisiete años –Olivia respiró hondo y alzó la vista. Tenía los ojos llorosos y estaba pálida–. Nunca se lo he contado a nadie.

–A mí puedes contármelo, Olivia, si quieres y crees que te puede servir de ayuda.

–No lo sé –se soltó de su mano y se abrazó como si tuviera frío. Aziz sintió el deseo de rodearla con sus brazos, de calentarla y consolarla de un modo que nada tenía que ver con el deseo, sino con la compasión o incluso con otra emoción más profunda–. Ni siquiera me gusta pensar en Daniel –susurró ella–. Me resulta muy doloroso.

–¿Qué le pasó?

–Lo entregué en adopción –susurró, y la voz se le quebró en la última palabra. Agachó la cabeza y los hombros comenzaron a temblarle. Aziz no pensó, sino que actuó.

La abrazó y notó que su delgado cuerpo se estremecía a causa de los sollozos. Ella no se apartó, sino que se apretó contra él demostrando una necesidad que despertó en Aziz el impulso de consolarla y protegerla.

¿Cuándo lo había necesitado alguien para otra cosa que no fuera una relación sexual ocasional? Él lo había querido así, se había dicho a sí mismo que era lo que prefería. Sin embargo, al abrazar a Olivia comenzó a comprender lo que se había perdido.

Y lo que seguiría perdiéndose. El matrimonio que había propuesto a Olivia no implicaba esa clase de intimidad: compartir secretos y consolarse mutuamente. Los dos estaban saltándose las reglas, y Aziz sabía que no podía depararles nada bueno.

—Fue un accidente, claro —prosiguió Olivia al cabo de unos segundos—. Ni siquiera tenía novio en aquella época. Fui a una fiesta y bebí mucho. No solía beber, salvo un poco de vino en alguna celebración familiar. Pero me sentía adulta porque me acababan de ofrecer una plaza en la universidad, y en la fiesta había un chico por el que estaba secretamente encaprichada. Bueno, tal vez no tan en secreto —se rio sin alegría y negó con la cabeza.

—¿Me estás diciendo que ese chico se aprovechó de ti mientras estabas borracha? Eso es una violación, Olivia.

—No, no estaba tan borracha. Solo había bebido lo suficiente como para sentirme más guapa, más graciosa y más segura de mí misma de lo que realmente era. Y cuando una cosa llevó a la otra... —suspiró pesadamente—. Por la mañana, me arrepentí, claro. Terriblemente. Pero fui tan estúpida que no pensé que podía quedarme embarazada.

–¿Y cuando te enteraste...?

–No me enteré. Fue mi madre la que se dio cuenta. Al menos, lo sospechó antes que yo. Tenía náuseas por la mañana. Me lo preguntó y lo primero que pensé fue que no podía estar embarazada. Pero lo estaba.

–¿Y qué pasó?

–Mi madre se puso hecha una furia. Vivíamos en Latinoamérica por aquel entonces, en un país conservador, con una comunidad de expatriados pequeña. Insistió en que pusiera fin al embarazo. Me dijo que era lo mejor, ya que yo tenía plaza en la universidad y toda la vida por delante. Y me convencí de que tenía razón.

–Pero no le pusiste fin. Has dicho que diste al niño en adopción.

Olivia se estremeció y asintió.

–No, no lo hice, pero estuve a punto. Mi madre ya lo había preparado todo. Teníamos que ir a Nueva York, porque el aborto era ilegal donde vivíamos. Se inventó un viaje de compras las dos juntas porque no quería que mi padre lo supiera.

–¿Por qué?

–Porque me dijo que acabaría con él. No en sentido literal, claro. Yo era la niña de papá, probablemente mimada, pero lo quería mucho y no soportaba la idea de decepcionarlo, por lo que accedí a no contárselo. Mi padre me decía que le tocara el piano cuando estaba cansado porque mi música lo tranquilizaba. Mi madre me dijo que no soportaría enterarse de lo que había hecho. Y también me aconsejó que no se lo contara a Jeremy, el padre. No es que se hubiera preocupado, pero debiera haberlo sabido. Yo hubiera debido ser fuerte y contárselo.

Aziz no soportaba el pesar que transmitía su voz.

–Así que nos fuimos a Nueva York –prosiguió ella,

al cabo de unos segundos, en tono neutro–. Y fuimos a la clínica y a la consulta. Me sentía como si todo aquello le estuviera sucediendo a otra persona, como si estuviera viendo una película y preguntándome qué pasaría después. La doctora entró. Muy amablemente me preguntó si entendía lo que ocurría. No sé si se lo preguntaría a todas o es que yo parecía especialmente aterrorizada.

–Supongo que fue una experiencia aterradora –murmuró él.

–Le dije que lo entendía, pero que no podía hacerlo. Mi madre se hallaba en la sala de espera y, cuando salí a los pocos minutos, montó en cólera.

–Parece que es una mujer temible.

–No puedo culparla. Estaba haciendo lo que era mejor para mí, intentaba protegerme, además de proteger el buen nombre de la familia y la carrera de mi padre –se le quebró la voz y tomó aire varias veces antes de continuar–. Mi padre siempre ha sido un soñador, por eso necesita a alguien como ella. Aunque...

Olivia se calló y Aziz se preguntó en qué estaría pensando.

–Le dije que quería quedarme con el niño. Ella me contestó que arruinaría mi vida. Al final del primer trimestre, sentí la primera patadita. Mi madre quería que lo diera en adopción. Insistía en que ocultara el embarazo a todo el mundo. Planeaba decir que me estaba recuperando de un periodo de estrés y mandarme a una clínica de Estados unidos.

Parecía una decisión egoísta y cruel.

–¿Y fue eso lo que hiciste?

–Sí. Al final me di por vencida. Y me fui.

–¿Cuánto tiempo estuviste allí?

–Seis meses, los más largos de mi vida en determinados aspectos y los más cortos en otros. Sabía que tendría que renunciar al niño cuando naciera. No tuve la fuerza suficiente para quedármelo.

–Eras muy joven, Olivia.

–Sí, pero otras chicas lo hacen. Podría haber pedido ayuda a los servicios sociales. Podría haberme enfrentado a mi madre e insistir, pero no lo hice. Me sentía muerta en mi interior. No tenía fuerzas.

–Cuéntame lo que pasó después –dijo él abrazándola con más fuerza.

–Nació el niño. Era precioso –Olivia tragó saliva–. Lo tuve en brazos cuando nació. Parecía un viejecito –emitió un sonido que era mitad risa y mitad sollozo–. Lo tuve conmigo esa noche e incluso lo di de mamar, aunque las enfermeras me dijeron que era mejor que no lo hiciera. Me miraba con sus enormes ojos azules mientras lo amamantaba. Era un niño muy despierto. Le puse el nombre de Daniel, aunque sabía que se lo cambiarían.

Olivia apretó el rostro contra el pecho de Aziz.

–Y después lo dejé ir. Creo que ahora es feliz. Ruego para que así sea. Lo adoptó una pareja estadounidense, a la que conocí. Parecían buenas personas. Estoy segura de que lo habrán cuidado bien.

–Pero no querías darlo en adopción.

–No, pero intenté convencerme de que era lo mejor. Me dije que tenía que pensar en la universidad y en mi carrera musical. Mi madre no dejaba de repetirme que lo olvidara, ya que tenía toda la vida por delante. Pero no era eso lo que yo sentía. Me parecía que mi vida había acabado y que era culpa mía.

–No es así, Olivia. Eras muy joven...

–¿Y qué? ¿Acaso es eso una justificación? Si deseas algo fervientemente, debes ser fuerte y luchar por ello.

Aziz no quiso seguir discutiendo porque se daba

cuenta de cómo se sentía. Sabía que uno podía decirse la verdad muchas veces, «no es culpa mía que a mi padre no le guste; merezco que me quieran», y seguir sin creérsela.

Y supuso que a Olivia la había destrozado la experiencia de perder a su hijo. No era de extrañar que se hubiera apartado del mundo y hubiera deseado llevar una vida tranquila. Había sufrido mucho y no deseaba volverlo a intentar. ¿Podía culpársela? Aziz pensó que él era igual que ella, aunque no le habían hecho tanto daño como a ella. No había perdido tanto.

–¿Qué pasó después? Fuiste a la universidad...

–El primer trimestre. No lo recuerdo bien. Estaba como anestesiada –se separó de Aziz y él echó de menos el calor de su cuerpo. Ella se sentó en el sofá, se cruzó de brazos y agachó la cabeza, de modo que él no viera la expresión de su rostro–. La dejé en Navidad. Y estuve sin hacer nada durante un tiempo. Después, mi padre me buscó el puesto de ama de llaves. Intentaba ayudarme.

Aziz pensó que había algo que no le decía.

–¿Y no deseas nada más?

–No –ella se levantó del sofá y se aproximó a la ventana. Se apoyó en el alféizar dándole la espalda–. No sé por qué te cuento todo esto. En nuestra supuesta relación, sería esencial guardarnos los secretos, ¿no es así?

Él se sentó en el sofá y la observó.

–Tal vez no fuera esencial, sino una ventaja.

–Pues te acabo de contar el mío.

–¿Lo lamentas?

Se volvió hacia él con una mano todavía apoyada en el alféizar.

–No, no lo lamento, lo cual me asusta.

Sí, pensó Aziz, a él también. Ser partícipe de los

secretos de otra persona implicaba que esta confiaba en que no los contarías, en que no la defraudarías. Y, a pesar de que había prometido a Olivia que no le haría daño, de pronto le pareció más difícil cumplir su promesa. Verdaderamente, no quería hacerle daño, ni el más mínimo. Le importaba más de lo que deseaba.

–Y este modo de desnudar el alma, por así decirlo, no forma parte del acuerdo al que pudiéramos llegar, ¿verdad? –preguntó ella sonriendo con tristeza–. ¿Te he asustado?

–Claro que no. Además, he dicho que todo estaba abierto a discusión.

–¿Sigues queriendo casarte conmigo? –preguntó ella enarcando las cejas.

–Sí –y era verdad, aunque nada hubiera sucedido como esperaba y aunque no supiera cómo sería el matrimonio entre ellos ni lo que deseaba de él.

Ella negó con la cabeza y se volvió hacia la ventana.

–Es una locura –murmuró.

–Estoy completamente de acuerdo. Pero también lo es el testamento de mi padre.

–¿Te hubieras casado si el testamento no te lo hubiera impuesto?

Él vaciló al no estar seguro de lo que ella quería oír.

–No lo sé –dijo por fin, y era sincero.

–¿Y qué pasa con tu heredero? Al final necesitarás uno.

–Sí.

–Así que este matrimonio, ¿supondría tener hijos? –preguntó ella súbitamente tensa.

–Sí, Olivia –era algo en lo que él nunca había pensado, salvo en términos abstractos–. ¿Qué te parece?

–Un bebé –murmuró ella, antes de volver a negar con la cabeza–. No lo sé.

–¿Quieres tener más hijos?

–No había pensado... –se calló y Aziz esperó. Al igual que Olivia, comenzaba a percatarse de lo que supondría el matrimonio. Creía haberlo entendido y aceptado después de haberlo hablado con Elena y haber elaborado un documento de veinticuatro puntos. Había aceptado que lo que deseaba era un frío acuerdo de negocios.

Pero ahora, con Olivia... Cuando le había secado las lágrimas, la había abrazado y había sentido su dolor...

No podía permitirse desear nada más. Olivia no deseaba quererlo y viceversa. Tenían que seguir así, haciendo que todo fuera sencillo y seguro.

–No puedo darte una respuesta ahora –dijo ella–. Es una decisión muy importante. Sé que tienes que casarte mañana, por lo que tal vez pueda dártela más tarde. Pero no puedo... –se mordió el labio inferior.

–Entiendo –contestó él en voz baja. Era una decisión trascendental para ambos. Y, como ella había dicho, era una necesidad para él, pero no para ella.

–¿Qué harás si rechazo la proposición? –preguntó ella volviéndose hacia él.

–Es algo de lo que no debes preocuparte Y, sinceramente, preferiría que no aceptaras simplemente porque quieres salvarme –sonrió con ironía, aunque le resultaba intolerable inspirarle lástima–. No intento ganarme tu compasión.

–Lo sé.

–Que nos casáramos te beneficiaría a ti en la misma medida que a mí –aunque no estaba seguro de que fuera así. ¿Qué podía ofrecerle a Olivia? ¿Sexo? Podía conseguirlo donde quisiera. ¿Amistad? Si quería amigos, podía hacer amistades. Ella no necesitaba casarse.

Entonces, ¿qué la motivaría a aceptar? ¿Qué era lo que la hacía querer reflexionar seriamente sobre el asunto?

Un hijo, por supuesto. Quería tener un hijo. No a él, ni su amistad, ni siquiera su cuerpo. Solo un hijo.

–Piénsalo –dijo obligándose a sonreír–. Ya sabes dónde encontrarme cuando tengas una respuesta.

Ella asintió lentamente y salió de la habitación. Él se quedó sentado mirando al vacío. Se preguntó qué sentiría si ella accedía a que se casaran. Y se dijo que no sería el alivio que había anticipado unos segundos antes. Y no quiso saber por qué.

Olivia recorrió lentamente el pasillo sin saber adónde iba. Halló sin saber cómo el camino a su habitación. Se tumbó en la cama, agotada física y emocionalmente.

¿Qué había pasado?

Los acontecimientos de las últimas horas se le arremolinaban en el cerebro: el apasionado beso con Aziz en los jardines, su proposición de matrimonio y que ella le hubiera hablado de Daniel. Había llorado delante de él, buscado su consuelo y disfrutado al sentirse en sus brazos. Y estaba pensando seriamente en aceptar su proposición de matrimonio.

Había dicho que era una locura. Y lo era. Apenas lo conocía, tendría que ser reina, aparecer en público y fotografiarse para la prensa cuando lo único que deseaba era una vida tranquila.

Tendría un hijo.

Otro hijo, que no sustituiría a Daniel, ya que nadie podría hacerlo.

Se dijo que podía tenerlo sin casarse. Muchas mujeres lo hacían. Ya no se necesitaba a un hombre; bastaba un banco de esperma. Se sorprendió de no haberlo pensado antes, pero la perspectiva no la atraía. Quería tener un hijo, desde luego, pero quería algo más. Deseaba tener un compañero que fuera su igual, que la quisiera, la apoyara y la ayudara a criar a su hijo.

¿Y cómo iba Aziz a cumplir esos requisitos? Le acababa de enumerar los motivos por los que no deseaba un matrimonio de verdad, donde hubiera amor. Ella se dirigía a mil por hora a que le desgarraran el corazón, y la única manera de detenerse era volver a París.

Pero la idea de hacerlo le pareció en aquellos momentos una regresión, una derrota. No podía volver a su vida anterior. Quería algo más. Lo quería todo. Pero era una locura intentar conseguirlo con Aziz. ¿O no?

Él le había dejado muy claro que no buscaba que lo quisieran ni querer. Un temblor la recorrió al recordar aquel increíble beso e imaginarse siendo la esposa y la amante de Aziz. Sus manos en su cuerpo, su boca en la de ella...

Se estremeció. ¿De verdad pensaba seriamente en la posibilidad de casarse con él? Ya había despertado en ella un torrente de sentimientos y deseos. ¿Qué vorágine le crearía si se casaban?

Aunque establecieran límites a la relación y fuera simplemente de amistad, no funcionaría. ¿O sí?

¿Podría ella evitar sentir en exceso, enamorarse de él? Había conseguido no sentir nada durante diez años. Sin duda se las apañaría.

En realidad, ¿tenía elección?

Olivia se sobresaltó al darse cuenta de que ya había tomado una decisión. No iba a volver a su muerte en vida de seguridad, insensibilidad y miedo. Aziz la había hecho cambiar. Y, si no iba a volver atrás, debía ir hacia delante. Deseaba lo que Aziz le ofrecía: amistad, afecto físico y un hijo.

Era mucho más de lo que había tenido en su vida adulta, y tendría que bastarle. Haría que le bastara. Elegiría la alegría.

Emitió un sonido, mitad sollozo y mitad risa porque, aunque se inclinara por la vida, la esperanza y la felicidad, no sabía qué se sentiría. Y lo más alarmante era que estaba segura de que Aziz no elegiría lo mismo.

Aziz llevaba una hora deambulando por el despacho, desde que Olivia se había marchado. Lanzó un suspiro de impaciencia.

¿Cuánto tiempo iba a conceder a Olivia? ¿Y qué iba a hacer si ella lo rechazaba? El problema era que ya no quería casarse con cualquiera para cumplir las condiciones del testamento de su padre. Si Olivia no aceptaba su proposición de matrimonio, muy probablemente encontraría a otra. Pero no deseaba hacerlo. Lo asombraba pensar que había estado dispuesto a aceptar un matrimonio de conveniencia con Elena.

«¿Y qué vas a tener con Olivia, si acepta?», se preguntó.

La tarde que había pasado con ella había dinamitado todos sus prejuicios. El apasionado beso que se habían dado, la dolorosa confesión que ella le había hecho, tenerla en sus brazos, que sus lágrimas le hubieran mojado la camisa...

Recordarlo le dolía como no le había dolido nada desde que era un niño desesperado por obtener la aprobación de su padre. Su amor.

¿Sería tan estúpido como para volver a caer en lo

mismo?, ¿para intentar conseguir que lo quisiera alguien que no deseaba hacerlo y que, además, se lo había dicho?

No, desde luego que no. Había aprendido la lección. Y aunque sintiera ternura por Olivia y el deseo de protegerla al hallarse en una situación de vulnerabilidad, no la amaba.

Si se casaban, le ofrecería lo que le había prometido: compañía, lealtad e hijos.

Pero no amor.

Un ruido en la puerta lo sobresaltó. Se volvió y vio a Olivia en el umbral. Llevaba el cabello suelto y Aziz se dio cuenta de que el tinte le comenzaba a desaparecer y se distinguían mechas más claras en la melena oscura, como si la verdadera Olivia empezara a emerger.

—Buenas noches —Aziz carraspeó y se obligó a sonreír—. Estás muy seria.

—Es que se trata de un asunto serio —ella entró y cerró la puerta—. Malik me ha dicho que estabas aquí. Espero no molestarte.

—Claro que no —llevaba una hora esperándola—. ¿Has tomado una decisión?

—Sí.

Él sonrió, se metió las manos en los bolsillos y se balanceó sobre los talones.

—No me tengas en suspenso.

—No es mi intención. Pero es que es como saltar desde un acantilado. No sabes lo que te espera abajo.

A Aziz le dio un vuelco el corazón.

—¿Es eso un «sí», Olivia?

—Sí —sonrió con labios temblorosos—. Pero tengo muchas preguntas.

—Por supuesto. Ya te he dicho que podemos hablar de todo. Te prometo que haremos que funcione.

—Ya te he dicho que no puedes hacer esas promesas.

—Claro que puedo —avanzó hacia ella, presa de una emoción que era más que alivio o esperanza y que se parecía al júbilo—. Hablaremos de lo que quieras, pero no ahora mismo.

Avanzó más y se situó frente a ella.

—¿Por qué no?

—Porque ahora voy a besar a mi prometida.

Ella entreabrió los labios, sorprendida, mientras él le ponía las manos en los hombros y la atraía hacia sí, antes de inclinar la cabeza y rozarle los labios con los suyos.

¡Cómo había esperado ese momento desde que la había besado! Los dos besos que le había dado le habían llegado al corazón. Todo en él la deseaba y la necesitaba con una urgencia que lo sorprendía y le daba valor para hacer el beso más profundo y apretarla contra sí para que notara su excitación.

—Aziz... —gimió ella mientras continuaba besándola y le agarraba un seno.

Él notó que ella tomaba aire bruscamente contra su boca, y se separó de ella.

—No creo que vayamos a tener problemas en este campo —murmuró—. Me vuelves loco, Olivia.

—Es mutuo —dijo ella sonrojándose mientras se estiraba la ropa. Después lo miró con expresión preocupada—. ¿Podremos hacerlo?

—¿A qué te refieres? —preguntó él enarcando una ceja.

Ella se rio y negó con la cabeza.

—Ya sabes a lo que me refiero: al matrimonio.

—Por supuesto que sí.

La volvió a tomar en sus brazos. En aquel momento no le apetecía hablar de cosas prácticas ni hacerle promesas de que no se harían daño mutuamente, de que no se amarían.

Lo único que deseaba era volver a besarla. Y eso fue lo que hizo.

Capítulo 10

OLIVIA se hallaba sentada a una gran mesa de caoba. Aziz estaba a su lado y, al otro extremo, había un grupo de abogados con un montón de documentos desplegados frente a ellos.

La boda se celebraría al cabo de una hora.

Aziz llevaba un traje de seda gris, se había puesto las gafas y examinaba un documento. Al mirarlo, a Olivia le pareció muy distante, un desconocido. Ni siquiera sabía que usaba gafas. Era un detalle sin importancia, pero, en aquel momento, le pareció crítico, ya que le recordó lo poco que lo conocía. Sin embargo, después de haber pasado con él solo cuarenta y ocho horas, estaba dispuesta a entregarle su vida y a ser la madre de sus hijos.

Eso era lo que debía recordar, se dijo. Tenía que olvidarse de los cuentos de hadas y los castillos en el aire que había forjado las veinticuatro horas anteriores. Debía recordar lo que obtendría de aquel acuerdo: compañía, afecto y un hijo.

Aziz sería un buen padre, se dijo.

«¿Sabes de verdad qué clase de padre será?, ¿qué clase de marido? ¿Qué estás haciendo, Olivia?».

—El quinto punto... —dijo uno de los abogados. Olivia volvió a prestar atención.

—Sí —murmuró mirando su copia del acuerdo sin verla.

Aziz le pasó la página y le señaló el punto en cuestión.

–Gracias –susurró ella sonrojándose. El quinto punto tenía que ver con las apariciones en público del jeque y su esposa.

–Podemos ponerles un límite –dijo Aziz dirigiéndose a ella–. Si lo prefieres, no más de una al mes –hablaba con voz tranquila, como si aquello fuera una mera reunión de negocios. Olivia tuvo ganas de gritar.

Aziz la estaba cuidando y protegiendo sus intereses. Debiera estar contenta por todas aquellas salvaguardias, porque así sabría en lo que se estaba metiendo.

Pero no lo sabía; ni siquiera sabía en qué quería meterse. La noche anterior se había dicho que había elegido la alegría. Sabía lo viva y feliz que Aziz la hacía sentir, por lo que creía que el matrimonio con él podría funcionar, ya que era mucho más de lo que nunca había tenido.

Sin embargo, esa mañana ya no estaba segura de nada.

–¿Olivia?

–Una vez al mes está bien.

–De acuerdo –Aziz se volvió hacia los abogados–. ¿Pueden añadirlo, por favor?

–En cuanto al sexto punto... –dijo otro de los abogados. Olivia se obligó a centrarse en el siguiente punto, aunque las palabras le resultaban borrosas. Distinguió «descendencia resultante».

–¿Descendencia?

–Los hijos –murmuró él.

–¿Qué disposiciones hay para nuestros hijos?

–Podemos hablarlo, desde luego. Este documento se basa en el que acordamos Elena y yo, pero, naturalmente, las cosas son distintas ahora.

No tan distintas, ya que seguía tratándose de un matrimonio de conveniencia, un acuerdo de negocios.

Se preguntó si no estaría vendiendo su alma por un poco de felicidad, si no estaría aceptando algo más que vivir a medias, pero que seguía sin ser suficiente.

Se obligó a mirar a Aziz. Su expresión era inescrutable.

—¿A qué acuerdo llegaste con Elena con respecto a los hijos? —preguntó ella en tono distante.

—Los dos necesitábamos un heredero, así que esa fue nuestra prioridad. El primer hijo varón heredaría Kadar; el segundo hijo, Talía.

—¿Y si no teníais un hijo varón?

—Todos los reyes han tenido que enfrentarse a esa posibilidad. Tal vez, cuando un hijo mío acceda al trono, pueda gobernar una mujer en Kadar. Eso espero.

—Nuestros hijos se quedarán en casa y no se les enviará a un internado.

—Tomen nota, por favor —dijo Aziz a los abogados.

—No tendrán niñeras ni institutrices.

—Necesitamos que alguien cuide de ellos, Olivia. Tendrás ciertas responsabilidades reales, aunque sean mínimas.

—Muy bien. Cualquier cuidadora debe contar con mi aprobación.

—Y con la mía. ¿Te parece bien?

Ella asintió. Detestaba que todo tuviera que negociarse, lo frío que resultaba, cuando lo único que deseaba era lanzarse a los brazos de Aziz y pedirle que la amara.

¿Que la amara? ¿Era lo que de verdad quería en aquel momento? ¿Por eso sentía tanto pánico?

Él la miró con los ojos entrecerrados y pidió a los abogados que los dejaran solos. Cuando hubieron salido, se levantó.

—¿Qué te pasa, Olivia?

—Nada —contestó ella cerrando los puños y claván-
dose las uñas en las palmas.

—¿Te lo estás pensando mejor? —estaba tranquilo,
con los brazos cruzados. No parecía enfadado.

—No exactamente. Pero todo esto es muy extraño,
Aziz. Y hablar de los detalles hace que aún me lo parezca más. Más y menos real a la vez.

—Entonces, te lo estás pensando mejor.

—¡No... no lo sé! —ella se giró y le dio la espalda.
Estaba al borde de las lágrimas.

—Olivia —Aziz le puso las manos en los hombros—.
Sé que es extraño, también para mí. Pero eso no significa que no vaya a funcionar...

—¿Como una lavadora? ¿Como una... una... bati-
dora? —se echó a reír y se desprendió de sus manos.

—No es la analogía que yo hubiera elegido, pero
supongo que resulta adecuada. ¿Qué es lo que realmente te pasa? ¿Qué te preocupa? ¿De qué tienes
miedo?

—No tengo miedo —pero lo tenía. La asustaban los
sentimientos que bullían en su interior, los que él le
había despertado. Tenía miedo de sufrir. Y miedo de
enamorarse de Aziz.

La noche anterior, mientras él la besaba y le hacía
promesas, la posibilidad de querer a Aziz no la había
asustado. Pero, esa mañana, la aterrorizaba.

—Es todo muy incierto —afirmó ella al cabo de unos
tensos segundos—. ¿Y si el pueblo de Kadar no me
acepta? Ahora cree que soy Elena. ¿Y si realmente a
quien quiere es a ella? ¿Y si decide que prefiere a
Khalil porque tú le has mentido sobre esto? Me has
dicho que hay inestabilidad en el país —prosiguió ella.
Era mucho más fácil hablar de política que de sus
sentimientos—. Me has dicho que si el pueblo descu-

bre que Elena ha desaparecido podría llegar a declararse una guerra civil. ¿Y si nuestro matrimonio la provoca?

—Es un riesgo que debo asumir —respondió él con frialdad—. Pero no es uno que tú debas correr. No tienes que casarte conmigo, Olivia. Lo dijiste ayer y sigue siendo verdad. Si crees que corres demasiados riesgos, puedes volverte atrás. Mejor ahora que dentro de una hora, después de que hayamos pronunciado los votos. A los habitantes de Kadar no les gusta el divorcio.

La miró casi con indiferencia y Olivia se preguntó si verdaderamente quería casarse con ella. Tal vez ya tuviera una sustituta. Tal vez cualquier mujer le valiera.

—¿Y si me vuelvo atrás ahora? —susurró—. La boda tendrá lugar en menos de una hora.

—Dentro de cuarenta y cinco minutos, exactamente. Te confieso que me será difícil encontrar a otra en tan corto espacio de tiempo.

—No quiero ser simplemente un cuerpo que consiente —le espetó ella—. No quiero que te dé igual elegir a otra. Quiero más que eso de mi matrimonio, Aziz. De la vida.

—¿Qué más quieres, Olivia?

«Amor. Quiero que me ames». No podía decirle eso. Ni siquiera deseaba pensarlo.

—Toda esta jerga legal me parece muy fría. Hace que me dé cuenta de lo que podría estar perdiéndome.

—¿Por ejemplo?

—No lo sé. Sé que parezco ridícula. Son los nervios —se obligó a sonreír. Era una cobarde, pero no podía reconocer que quería algo más. Debía centrarse en lo que ya tenía—. Quiero casarme, de verdad, Aziz. Anoche me di cuenta de cuánto deseo tener un hijo, volver a ser madre. No me devolverá a Daniel, pero la idea de tener un niño a quien querer... Lo deseo intensamente.

Durante una fracción de segundo pensó que él parecía desilusionado, incluso dolido, pero Aziz se encogió de hombros.

—No quiero insistir en lo que es obvio, pero no me necesitas para tener un hijo. Puedes tenerlo sola, si es todo lo que deseas.

Pero no era todo lo que deseaba. No solo quería un bebé, sino formar una familia con un compañero que la apoyara.

—Quiero casarme, Aziz, y sé que serás un buen padre.

—¿Ah, sí? —él sonrió sin alegría—. Reconozco que no tuve un buen modelo.

—Lo serás. Eres divertido, amable y fácil de... —se tragó la palabra y rellenó el hueco rápidamente— tratar. Además, mucha gente que no ha tenido padres maravillosos han sido buenos padres.

—Gracias por el voto de confianza.

Olivia percibió cierta amargura en su voz y deseó haber sido más sincera, haberse arriesgado más y haberle confesado lo que de verdad deseaba: tener un hijo con él.

«¿Y no recuerdas la última vez que arriesgaste el corazón? Confesaste tus esperanzas, miedos y necesidades, y tu padre desvió la mirada y te pidió que tocaras el maldito piano».

El recuerdo de su traición y de cómo había reaccionado ella tuvo el poder de mantenerla en silencio. Era mejor así. Lo que debía hacer era atenerse a las condiciones del acuerdo y dejar de desearlo todo. «Lo suficiente y nada más», como Aziz había dicho.

Una hora después, todo había terminado.

Aziz se quitó la corbata con brusquedad y suspiró.

Se había casado dentro del plazo marcado por su padre. Debiera sentirse aliviado, lleno de júbilo incluso, pero estaba inquieto desde su última conversación con Olivia.

Ella le había dejado muy claro que solo se casaba con él para tener el hijo que anhelaba, nada más. Ciertamente, no por sus sentimientos hacia él.

Sentimientos que él no debiera querer que experimentara. No volvería a suplicar que lo quisieran. No volvería a rebajarse de esa manera, ni siquiera ante Olivia. En realidad, todo había salido como deseaba. Debiera estar contento, no decepcionado.

Se abrió la puerta del cuarto de baño de la suite en la que estaban, en un ala apartada del palacio, y apareció Olivia, vestida con un camisón de seda blanco. A Aziz se le evaporaron todos los pensamientos de golpe, salvo uno: su esposa era hermosa y tenía la intención de hacerle el amor esa noche.

Sonrió mientras la recorría de arriba abajo con la mirada. Se dio cuenta, al observar su palidez, de que estaba un poco nerviosa.

—Estás preciosa.

—El camisón es un poco excesivo, ¿no te parece? O tal vez no sea suficiente.

—En mi opinión, es más que suficiente —dio un paso hacia ella y le puso las manos en los hombros. Le besó el hombro desnudo y ella se estremeció.

—Sé que no hace falta que seamos románticos.

—¿Por qué no vamos a serlo? —Aziz la besó en la garganta.

—Porque no nos queremos.

En otro tiempo, esas palabras lo hubieran tranquilizado; en aquel momento, le dolieron. No le gustó que ella las dijera tan claramente.

—¿No es esto una clase de amor? No lo descartes

tan deprisa, al menos hasta que sepas lo que siento por ti —dijo él con la voz ronca de deseo. La atrajo hacia sí y la abrazó por la cintura esperando obtener una respuesta de ella para demostrarle cuánto lo necesitaba y deseaba.

Y notó ese deseo en cómo lo besó y en cómo se acopló su cuerpo al de él. Aziz se separó de ella lo justo para desabrocharse la camisa. Ella le miró el torso desnudo y se humedeció los labios con la lengua. Una sensación de triunfo invadió a Aziz al comprobar lo evidente que era su deseo.

—Debes saber que hace mucho tiempo que no hago esto, Aziz.

Él volvió a atraerla hacia sí y se regodeó cuando sus senos le rozaron la piel desnuda.

—No te pongas nerviosa. Iremos despacio, tanto como quieras —le sonrió, la tomó de la mano y la llevó a la cama.

Olivia se tumbó de espaldas. Tenía las mejillas arreboladas y le brillaban los ojos. La curva de sus senos bajo el camisón era algo que Aziz apenas podía resistir. Tenía la piel de color marfil. Le colocó un mechón de cabello detrás de la oreja. Parecía una flor buscando la luz del sol, inclinándose tímidamente hacia él. La besó en la sien, ante lo que ella lanzó un leve suspiro.

Animado por su respuesta, la besó en la mejilla y, después, en los labios. Ella le puso la mano en la mejilla. Él la besó con mayor profundidad y se demoró en explorar la suavidad de su boca. Le deslizó la mano del hombro a la cintura y la agarró por la cadera.

Ella se removió inquieta debajo de él y le apretó la mejilla. Entrelazó una pierna con la de él, de modo que su excitada masculinidad entró en contacto con sus muslos. Él gimió levemente.

Aziz deslizó la mano de la cadera a un seno y humedeció la seda del camisón con la lengua al meterse el pezón en la boca. Ella le agarró por el cabello.

—Nadie me había...

—¿Nadie? —preguntó él separándose un poco de ella—. Pero has tenido amantes.

—No muchos: dos. El chico del instituto...

—Del que no recuerdas mucho porque estabas borracha.

—Y otro más cuando dejé la universidad, para comprobar si aún sentía algo.

—¿Y eras capaz de sentir?

—No.

—¿Y ahora? —volvió a agarrarle el seno y ella lanzó un suspiro de placer.

—Ahora me pregunto si no siento demasiado.

Aziz experimentó placer y una inmensa sensación de poder. Había conseguido que volviera a sentir.

La besó de nuevo en la boca. Ella vaciló brevemente antes de responderle con tanta pasión y sentimiento que él la deseó aún más a causa de esa reacción. La respuesta de Olivia era el afrodisíaco más potente que había conocido.

Ella lo atrajo hacia sí mientras él le deslizaba la mano entre los muslos y le subía el camisón hasta la cintura.

Olivia se quedó inmóvil durante unos segundos. Después, le desabrochó el cinturón con dedos torpes. Aziz le quitó el camisón y se desvistió. Estaban los dos desnudos.

—Eres perfecta —murmuró él antes de besarle el vientre y seguir descendiendo.

Olivia se quedó inmóvil. Su mano seguía en el cabello de él.

—Perfecta —repitió él, y la besó entre los muslos.

Olivia sintió que el cuerpo se le arqueaba sin que

ella se lo hubiera ordenado. Jadeó cuando él volvió a besarla y le separó las piernas. Un arco iris de sensaciones eliminó sus pensamientos, salvo uno: lo mucho que Aziz le estaba mostrando y ofreciendo.

Sintió de nuevo su boca en ella y volvió a jadear. Nunca había conocido ni experimentado nada igual. Tenía ganas de llorar, gritar y cantar a la vez.

—Aziz... —dijo con voz ahogada, y fue la única palabra que pudo pronunciar. Estaba al borde de un precipicio de placer, deseando lanzarse, pero también algo asustada.

—Aquí estoy —contestó él separándose de ella unos segundos para penetrarla y llenarla por completo.

Olivia nunca se había sentido tan cerca de otra persona ni tan conectada con ella. Nunca se había sentido tan querida.

«Esto no tiene nada que ver con el amor», insistió su mente por última vez, pero su cuerpo cantaba de alegría con las caricias de Aziz, y todo en ella se abría en busca de la luz.

Él comenzó a moverse con las manos en las caderas de ella para animarla a seguirle el ritmo, lo que ella hizo instintivamente. Cada vez subían más arriba, más arriba...

Y Olivia alcanzó la cima del placer y sintió todas las emociones que llevaba tanto tiempo negándose. Fue tan intenso y sorprendente que gritó y lloró mientras su cuerpo se enlazaba con el de Aziz. En ese momento, quiso quedarse así para siempre.

Mientras la ola de placer se retiraba, Olivia se quedó tumbada sobre las almohadas, con la piel húmeda y resbaladiza, y el cuerpo de Aziz sobre ella. Él la besó en la frente y en los labios antes de rodar sobre sí mismo para separarse de ella, aunque le dejó la mano sobre el estómago, como si no quisiera soltarla.

Y ella no quería que lo hiciera. Había creído que durante los días anteriores él la había cambiado y había despertado en ella sentimientos dormidos, pero no tenía ni idea de lo que se había perdido ni de lo que necesitaba.

Se volvió hacia Aziz con la intención de decirle algo, pero fue incapaz de expresar lo que sentía. Él debió de verlo en sus ojos, porque la atrajo hacia sí y la besó dulcemente.

Olivia lo besó a su vez y sintió su corazón latir al unísono con el de ella. Pensó que, a veces, las palabras eran innecesarias. A veces no bastaban para expresar algo tan emotivo e increíble.

Tan maravilloso.

Apoyó la cabeza en el hombro de Aziz y, al final, se durmieron los dos.

Capítulo 11

IRNOS de luna de miel? –preguntó Olivia sorprendida–. ¿Es necesario?

–Me temo que sí –estaban desayunando en uno de los comedores pequeños del palacio. Vestido con un traje azul marino y con el cabello aún húmedo de la ducha, costaba creer que le había estado haciendo el amor hasta casi el amanecer la noche anterior. Su noche de bodas.

A la luz del día, Olivia sintió que sus dudas regresaban. Aziz volvía a parecerle un desconocido. Y aunque el cuerpo le ardía al recordar sus caricias, la mente buscaba protegerse a sí misma. No podía decirle lo mucho que la había afectado la noche anterior, ya que probablemente se quedaría consternado si se enteraba.

–¿Por qué? –preguntó mientras Aziz les servía café.

–Es mejor que no nos vean durante unos días. Se ha anunciado mi boda, pero no el nombre de mi prometida.

–Pero todos supondrán que...

–Es Elena, ya lo sé. Va a ser una delicada maniobra diplomática.

–¿Cómo vas a anunciarlo?

–Primero, quiero hablar con Khalil para que libere a Elena.

–Como si fuera tan fácil.

–Pero es necesario. Ahora que me he casado, no

tiene motivo alguno para retenerla. Espero que sea razonable y que se olvide de sus deseos de venganza.

–Puede que no sea la venganza lo que lo motiva.

–¿Qué, si no?

–Puede que, como tú, quiera redimir su pasado. Hashem os maltrató a los dos, de distinta manera.

Aziz se enfureció.

–A él lo desterró porque no era su hijo.

–Pero Khalil creía que lo era. Debió de sufrir mucho. Perdió todo lo que conocía, Aziz, y solo era un niño.

–Vivió con toda clase de comodidades en Estados Unidos –dijo él en tono cortante–. Lo siento, pero no puedo compadecerlo.

–No te pido que lo hagas. Francamente, a mí Khalil me da lo mismo. Lo que me importa es que te afecta. Puede que haya una forma de poner punto final a este conflicto, de hallar la paz, no solo por Kadar, sino también por Khalil y por ti.

Aziz soltó una carcajada.

–¿La paz con Khalil? Nunca.

–No es propio de ti mostrarte tan amargado e implacable –protestó ella.

–No sabes...

–¿Qué? Cuéntamelo –Olivia contuvo el aliento. Deseaba que él le contara algo personal porque quería entenderlo y ayudarlo.

Porque se estaba enamorando de él y no sabía qué hacer para detenerse.

Dejó el tenedor en la mesa. De todos modos, era incapaz de llevarse nada a la boca.

–No es nada –dijo él en tono inapelable–. No importa. De todos modos, no es el momento de hablar de política. Podemos divertirnos al menos durante unos días.

Ella asintió. Sabía que no debía insistir.

—¿Dónde vamos a ir?

—A otro palacio real, pero en la costa. Se halla en un lugar muy alejado y hermoso. Estoy seguro de que te encantará.

—No tengo ropa ni cosméticos.

—Se te proveerá de todo lo que necesites, a no ser que quieras volver a París por algún motivo. Las condiciones de nuestro acuerdo te permiten...

—No quiero volver —contestó ella. No le hacía gracia recordar el documento legal que definía su matrimonio en términos comerciales—. Aunque en algún momento lo haré. Quiero recoger mis cosas.

—Desde luego. Puedes volver cuando quieras, siempre que te lo permitan tus deberes reales.

Ella lo miró. Tenía ganas de preguntarle si la echaría de menos o si quería que se fuera. Tal vez prefiriera perderla de vista. No sabía lo que él sentía y le parecía absurdo pensar que sentía algo por ella cuando llevaban seis años de relación laboral como jefe y empleada. Su nueva relación era extraña.

—Entonces, decidido —Aziz se levantó—. Nos vemos en el gran vestíbulo dentro de una hora. Iremos a la costa en helicóptero. Hay un helipuerto en la parte trasera del palacio.

Una hora después volaban sobre el desierto. El mar Arábigo brillaba en la distancia.

Aziz le había dicho que solo tardarían una hora en llegar al palacio. Al acercarse más al mar, divisaron la línea de la costa. El palacio, había dicho Aziz, estaba oculto en una ensenada, solo accesible por barco o helicóptero.

Cuando aterrizaron, la vista del palacio le cortó la respiración a Olivia. Estaba construido del mismo ladrillo dorado que el de Siyad, pero era totalmente distinto, asentado en la roca y con elegantes torres apuntando hacia el cielo.

–Impresiona –dijo Aziz sonriendo–. Solo he estado aquí una vez.

Olivia lo siguió desde el helicóptero hasta los empinados escalones cortados en el acantilado que subían al palacio.

–¿Por qué solo una vez?

–Como sabes, he pasado poco tiempo en Kadar. Vinimos una vez aquí para celebrar el cumpleaños de mi padre, si no recuerdo mal –dijo Aziz en tono indiferente.

–Háblame de tu padre –le pidió ella. Y vio que se ponía tenso, a pesar de que iba delante de ella.

–¿Por qué quieres que te hable de él?

Ella esperó hasta que alcanzaron la cima del acantilado y las puertas de madera del palacio.

–Porque sé que tu relación con él fue difícil y que te sigue afectando. Quiero entender.

–No hay nada que entender –Aziz abrió las puertas y comenzó a saludar al personal que se había puesto en fila en el vestíbulo.

Olivia lo siguió murmurando los saludos. Los condujeron a sus aposentos: varias habitaciones con terrazas que daban a un jardín con cascadas y el mar al fondo. Ya habría tiempo, se dijo Olivia, de que Aziz se abriera a ella.

–Es maravilloso –dijo mirando las vistas desde una de las terrazas–. No me creo que esté aquí.

–Han sido unos días de locura –observó él, que se había situado detrás de ella.

–Sí –en solo setenta y dos horas había pasado de sustituir a una reina a casarse con Aziz. Y, aunque estaba asustada, se alegraba de que él la hubiera hecho cambiar.

Ella también quería cambiarlo, demostrarle que se

podía volver a arriesgar el corazón, que por amor merecía la pena intentarlo. Pero ¿cómo iba a explicárselo si ni siquiera estaba segura de creérselo ella misma?

¿Por qué no estaba satisfecha con lo que él le ofrecía? Aziz no quería una relación profunda con ella. Olivia ya le había contado sus secretos; él no tenía intención de contarle los suyos.

«No se lo has contado todo», pensó. No, no había entrado en detalles sobre los terribles e interminables años después de haber dado a Daniel en adopción. No había reconocido que se había hundido y que no había creído que podría salir del agujero, ni que lo que la había llevado a aislarse no solo había sido la pérdida de su hijo, sino también la de la confianza de sus progenitores, sobre todo la de su padre.

Y lo más probable era que Aziz no quisiera saberlo en aquel momento.

Él le puso las manos en los hombros.

—¿Te apetece bañarte?

Ella miró las cascadas, volvió la cabeza y le sonrió.

—Mucho.

Pasaron tres días en el palacio de la costa, charlando, riendo, bañándose y haciendo el amor. Cada día que pasaba con Aziz, cada hora, Olivia se daba cuenta de que se enamoraba más de él, pero, también, de que él no se estaba enamorando de ella.

Notaba que, cuando estaba con ella, parte de él no se hallaba allí. Incluso cuando la abrazaba y la besaba, le ocultaba algo.

Y, a medida que transcurrían los días, aumentaba su certeza de que quería saber qué era. Deseaba amarlo por entero, aunque la asustara o fuera a sufrir.

Pero no sabía por dónde empezar.

–Me encanta oírte reír –dijo Aziz una tarde, mientras estaban tumbados junto a la cascada más grande–. Me doy cuenta de lo poco que te oí en París, de lo triste que estabas, aunque entonces no lo notara.

–¿Por qué ibas a haberlo hecho? Solo era tu ama de llaves.

–Y ahora eres mi esposa –le acarició la mejilla y ella respiró hondo. Llevaba tres días diciéndose que no debía presionarlo, pero ya no aguantaba más. Quería saber más del hombre al que amaba.

–Aziz, ¿por qué no me cuentas algo más de ti, de tu pasado, de tu infancia, de lo que te hizo marcharte de Kadar?

Los dedos de él se inmovilizaron en su mejilla antes de que bajara la mano y mirara el cielo.

–No hay mucho que contar –dijo él al cabo de unos segundos, con total desinterés.

–Todos tenemos algo que contar –comentó ella mientras le acariciaba el pecho desnudo. Acariciarlo le seguía pareciendo raro y maravilloso a la vez–. Y, sea cual sea tu historia –añadió mientras descendía hasta el abdomen–, quiero oírla.

Aziz le agarró la mano y alzó la cabeza para mirarla con una sonrisa traviesa.

–¿Estás segura de que no quieres hacer otra cosa?

–Aziz...

–¿Quieres oírme decir tonterías sobre mi infancia? –le bajó la mano un poco más–. Pues yo quiero oírte gemir de placer.

Ella también lo deseaba tanto como él. Casi.

–Hablo en serio, Aziz.

–Y yo –pero le soltó la mano suspirando y volvió a mirar el cielo–. ¿Qué quieres saber? ¿Mi asignatura

preferida en la escuela? ¿Mis pasatiempos? Me gustaban las matemáticas y hacer aviones de papel.

—Es un comienzo, supongo —contestó ella con una
sonrisa—. Lo de las matemáticas podía haberlo adivi-
nado, considerando lo bien que se te dan los números.
Lo de los aviones me sorprende.

—Mi madre se enfadaba al ver todas las hojas de
papel estrujadas por el suelo.

—¿Estabas muy unido a ella?

Él se encogió de hombros, pero su rostro se había
quedado sin expresión.

—¿No quieres contarme nada, Aziz?

—Creí que no era esa la relación que íbamos a tener.

A Olivia le dolieron sus palabras. Pero tenía razón.
Era ella la que había cambiado, no él.

—Yo te he contado mis secretos.

—¿Lo lamentas?

—No. Sienta bien abrirse de esa manera. Asusta y
sorprende, pero está bien. Puede que a ti te pasara lo
mismo.

—¿Quieres que desnude mi alma para alcanzar una
catarsis? Pues me parece que no voy a hacerlo —esbozó una sonrisa juguetona y se volvió a evadir—. Se
me ocurren otras cosas que me gustaría hacer —añadió
al tiempo que le bajaba un tirante del bañador.

Olivia se apartó.

—No te pido que me cuentes tus secretos mejor
guardados —dijo intentando parecer tan despreocupada como él—. Solo quiero conocerte un poco mejor.
Al fin y al cabo, estamos casados.

Aziz se quedó callado unos segundos mientras le
acariciaba el brazo distraídamente.

—Muy bien. ¿Qué quieres saber?, ¿si estaba muy
unido a mi madre? Sí, cuando era muy pequeño. Pero,

cuando nos mudamos al palacio, ella se fue apartando de todo el mundo, incluso de mí. Después, me mandaron interno y apenas la veía. Ahora, volvamos al asunto verdaderamente importante...

Riéndose, Olivia dejó que la atrajera hacia sí. No creía que las confidencias de Aziz fueran a llegar mucho más lejos en aquel momento. De todos modos, no tenía fuerza de voluntad ni ganas de seguirse resistiendo a él.

Más tarde, se hallaban tumbados en la enorme cama con las piernas entrelazadas y los corazones retomando su ritmo normal. A Olivia la estaba invadiendo un sopor satisfecho. Aziz le apretó el vientre con la mano.

−¿Crees que ya habremos concebido un principito o una princesita? −murmuró perezosamente, antes de besarle el ombligo.

Olivia se sobresaltó. No había pensado en bebés desde que habían hecho el amor por primera vez, lo cual era un poco ridículo, si se tenía en cuenta que era la razón principal de haberse casado con él.

Pero no era cierto que fuese la razón principal.

Era lo que le había dicho a Aziz para no asustarlo. Sin embargo, después de haber hecho el amor y en la intimidad que la envolvía, supo que no había accedido a casarse simplemente para tener un hijo o para estar acompañada y tener relaciones sexuales.

Se había casado con él porque había comenzado a enamorarse desde que había llegado a Kadar, o incluso antes.

−¿En qué piensas? −le preguntó mientras la besaba en el vientre. Olivia miró su negro cabello, sus brillantes ojos y su sonrisa provocativa. Sabía que él no quería oír lo que estaba pensando. Se horrorizaría al saber lo que verdaderamente sentía por él.

–En nada importante –contestó ella acariciándole el cabello.

–Pues estás muy seria –la besó en el estómago y volvió a tumbarse con la mano agarrada a la de ella.

–Estaba pensando en ti –dijo ella, incapaz de no seguirlo presionando para saber algo más de él–. Te imaginaba corriendo por todo el palacio mientras lanzabas aviones de papel.

–Tal vez nuestro hijo, o nuestra hija, haga lo mismo –apuntó él sonriendo.

¿Le estaba recordando para qué estaba allí?, se preguntó Olivia. Para tener un hijo. De repente, reconocer que solo se había casado con él para ser madre le pareció muy frío. Quiso decirle que ya no se sentía así, que tal vez no se hubiera sentido así nunca, pero no le salieron las palabras.

–Tal vez –dijo ella. Recordó que podía estar embarazada. No habían utilizado protección. Pero, en aquel momento, no quería pensar en un bebé, sino en Aziz–. Me has dicho que estabas muy unido a tu madre.

Él se incorporó y se quedó sentado.

–¿Qué buscas, Olivia? –preguntó mientras alcanzaba la camisa.

–Solo quiero saber...

–¿Para qué? ¿Qué más da? Es un poco tarde para cambiar de opinión.

–No he cambiado de opinión.

–Te preocupa que no sea un buen padre –Aziz se encogió de hombros como si aquella conversación le resultara aburrida. Olivia lo observó mientras se ponía los pantalones cortos y agarraba el reloj.

–Aziz, esto no tiene nada que ver con la clase de padre que vayas a ser. Quiero saber más de ti por ti y por mí, porque eres mi esposo y, con independencia de lo que hayamos firmado, estamos casados y tenemos una relación que se supone que durará toda la vida. ¿Vas a rechazarme siempre?

—No pensé que querías intimidad.

A Olivia le pareció que el corazón se le paraba para, después, latir con más fuerza.

—¿Y si así fuera?

Aziz le daba la espalda, por lo que no podía verle el rostro, aunque de haberlo hecho, tampoco hubiera sabido lo que pensaba. Era muy hábil a la hora de ocultar sus sentimientos. Tanto como ella lo había sido.

Aziz no sabía qué responderle y no tenía idea de lo que ella quería de él. Había eludido sus preguntas durante todo el día. No estaba dispuesto a abrirle su corazón, como ella parecía desear. ¿Para qué? Ella ya le había dejado claro lo que quería de él y de su matrimonio.

Un hijo, nada más.

—No le veo el sentido —respondió. Seguía dándole la espalda—. Habíamos acordado que no queríamos conocernos de ese modo.

—También acordamos que podríamos hablar de todo. ¿Ya no es así?

—Sigue siendo así —se volvió hacia ella. Estaba sentada en medio de la cama, con las piernas cruzadas. El cabello, que casi había recuperado su color original, le caía por los hombros. Se había envuelto en una sábana. Aziz pensó que estaba muy hermosa y que parecía más feliz que nunca, a pesar de sus leves ojeras.

Se sentó en el borde de la cama.

—A mi padre nunca le gusté —dijo con esfuerzo—, como tampoco le gustaba que yo fuera su heredero.

—¿Debido a Khalil?

—Siempre lo quiso y fue su preferido.

—Pero lo desterró.

—Lo sé, pero detestó tener que hacerlo. Khalil era su adorado primogénito, el preferido del palacio y de todo el maldito país... —se interrumpió al quebrársele la voz y el corazón comenzó a latirle a toda velocidad al experimentar de nuevo la misma antigua cólera, la misma amargura.

No deseaba recordar todo aquello. Haber vuelto a Kadar ya era bastante difícil de por sí, por lo que no había necesidad de revivir los horribles recuerdos de su infancia. Sin embargo, una vez que había comenzado, no podía parar. Ni siquiera quería hacerlo.

Se levantó de la cama y volvió a dar la espalda a Olivia.

—¿Quieres saber cosas de mí, Olivia? Pues aquí tienes una versión no censurada: mi padre me odiaba. Me odió desde el momento en que puse un pie en el palacio, o puede que tal vez antes.

Se estremeció y soltó el aire lentamente.

—Aunque supongo que me odiaba antes de verse obligado a hacerme su heredero. Pero, cuando tuvo que hacerlo, lo contrarió mucho. Lo contrariaba necesitarme, por lo que convirtió mi vida en un tormento.

Le temblaba la voz. Odiaba recordar todo aquello. Hablar de ello era aún peor. Y aunque se había pasado casi toda la vida fingiendo no haber tenido infancia, ocultando sus miedos y defectos, sentía un fuerte impulso de confesarlos.

Era como el impulso que te obliga a tirarte por un puente o a lanzarte bajo un tren, pensó. Freud lo denominaba «instinto de muerte» y era lo que sentía en ese momento.

Quería contárselo todo a Olivia, lo cual era una estupidez. No creía que fuera capaz de soportar su mirada cuando lo hiciera.

La miró y parecía tranquila.

–¿Cuántos años tenías cuando te convertiste en el heredero?

–Cuatro.

–¡Ay, Aziz! –la voz y la expresión de ella se dulcificaron con una compasión que no soportaba–. Cuéntamelo –pidió ella con una voz tan suave que lo envolvió e hizo que se sintiera atrapado y furioso.

–¿De verdad quieres saber los feos y lamentables detalles? Mi padre nos despreciaba a mi madre y a mí. Y también lo hacía el personal del palacio, lo cual estuvo a punto de matar a mi madre. Era una chica de pueblo a la que habían elegido para ser amante del jeque, sin que ella pudiera opinar al respecto.

–Aziz... –susurró ella. Pero él no la oyó. Ya que había empezado, no podría parar hasta que le contara todo detalladamente.

–Al principio eran cosas sin importancia como olvidarse de hacerle la reverencia por ser reina. Ella lo dejaba pasar porque le parecía lo más fácil y seguro. Después, animada por mi padre, la gente comenzó a burlarse de nosotros. Nos ponían la zancadilla cuando pasábamos o hacían circular rumores en el palacio o el bazar. Mi padre nunca se opuso –Aziz tragó saliva. Tenía en la boca un sabor amargo procedente del estómago–. Se mofaba de nosotros. Mi madre comenzó a no aparecer en público. Vivía en sus aposentos, aterrorizada por que la pudiera desterrar como a Khalil. Yo también estaba aterrorizado –volvió a tragar saliva. Jadeaba. Esperó un rato a calmarse.

Cuando retomó la palabra, lo hizo de forma desapasionada.

–Mi padre vivía para demostrarle a todo el mundo mis defectos en todos los sentidos. Me arrastraba a sus habitaciones y me ridiculizaba delante de sus ministros –y aun así había intentado agradarlo. Se pasaba horas memorizando cualquier cosa sobre la que le pudiera preguntar. Si fallaba una sola pregunta, su padre le decía que era un fracasado, le daba una bofetada y lo expulsaba de la sala.

–Lo siento mucho, Aziz.

–¿Y sabes lo peor? Lo seguía queriendo, Dios sabe por qué. Lo quería y deseaba que él me correspondiera. Hacía lo imposible para que me quisiera –se le quebró la voz y se apartó de ella con furia–. Incluso le llegué a preguntar una vez, sin preámbulos, por qué no me quería. ¿Y sabes lo que me contestó?

–No –respondió ella en voz baja.

–Que por qué iba a hacerlo –Aziz soltó una risa cansada–. Nunca he hallado la respuesta a esa pregunta.

–Puedo hacerlo por ti, Aziz –susurró ella, y él se dio cuenta de su lamentable comportamiento al andar quejándose de que nadie lo quería.

–No me des otra de tus charlas para levantarme la moral, por favor. De todos modos, ya es agua pasada.

–Te sigue importando.

–Sí, claro, porque influye en mis decisiones actuales. Por eso no debes preocuparte de que me enamore de ti, Olivia –se obligó a sonreír–. No me interesa volver a demostrar mis sentimientos.

–Ya lo sé, pero que tu padre te rechazara no implica que otros vayan a hacerlo.

–En mi opinión, no merece la pena correr el riesgo. Y creí que tú pensabas lo mismo –afirmó él con dureza recordándole y recordándose los términos de su matrimonio.

Como no se podía convencer a alguien de que te quisiera, lo mejor era no intentarlo.

Olivia se llevó las rodillas al pecho y se las rodeó con los brazos.

–¿De dónde viene lo de «el caballero playboy»?

–¿A qué te refieres?

–¿Cómo se convirtió un niño deseoso del amor de su padre en el playboy de Europa?

Él hizo una mueca ante sus palabras. Era lo que había sido y lo que seguía siendo.

–A los quince años descubrí a las mujeres. En realidad, a la amante de mi padre, que me sedujo. Al principio le seguí el juego para atacar a mi padre. Después me di cuenta de que complacía a las mujeres y me centré en ello en vez de en la imposible tarea de agradar a mi padre –dijo con amargura.

–Entiendo.

–No sé por qué hablamos de esto.

–Porque quiero conocerte y entenderte.

–¿Estás satisfecha? –preguntó alzando la voz. La miró y observó su expresión compasiva, que no le gustó.

Se apartó de ella y fue a mirar por la ventana.

–¿Te sientes mejor después de haber escuchado mi confesión? –preguntó con su tono de voz habitual.

–No –contestó ella riendo tristemente–. Me siento emocionalmente agotada –él oyó que se levantaba y que se situaba detrás de él. Le puso una mano en el hombro–. Espero que con el tiempo te sientas mejor y más fuerte, y que te alegres de habérmelo contado.

Él lo dudaba. Ya se estaba arrepintiendo de haberle revelado sus debilidades.

–Aziz... –murmuró ella abrazándolo por la cintura y atrayéndolo hacia sí. La espalda de él chocó contra su desnudez, pero Aziz no sintió deseo, sino algo más profundo y abrumador. La tomó de la mano sin saber lo que sentía, solo que no deseaba que ella lo dejara.

Nunca.

–Aziz... –repitió ella abrazándolo todavía y con

una mano entrelazada con la de él–. Sé que crees que no quieres oír...

Llamaron a la puerta y Olivia se calló. Se separó de él con un suspiro y agarró la bata.

Aziz se volvió hacia ella, esperó a que se la hubiera atado y dijo:

–Adelante

Era Malik. Este no miró a Olivia, solo a Aziz.

–Hemos recibido un mensaje de Khalil. Quiere hablar contigo.

–¿Hablar conmigo? –preguntó Aziz perplejo.

–Está en Siyad y puede venir en helicóptero dentro de una hora. ¿Hablarás con él?

–Sí. Prepara una de las habitaciones de abajo para la reunión, por favor.

Malik se fue y Aziz miró a Olivia. Estaba pálida y su rostro denotaba aprensión. Era probable que él tuviera el mismo aspecto. No sabía qué querría Khalil. Dudaba que fuera a renunciar al trono.

–¿Qué quieres que haga? –preguntó Olivia, y él estuvo a punto de volver a tomarla de la mano y de pedirle que se quedara con él porque la necesitaba; necesitaba su fuerza y su comprensión.

Pero no quería necesitarla, ni a ella ni a nadie.

Sin embargo, sabía que ya era tarde. Había intentado protegerse el corazón sin conseguirlo. La quería; la quería tanto que le hacía daño. Se imaginó preguntándole si lo amaba y que ella le contestaba lo mismo que le había contestado su padre:

«¿Por qué iba a hacerlo?».

Aunque ella lo diría de forma más agradable. Incluso le pediría disculpas, pero le dejaría claro que no podía amarlo. Y él no iba a consentir de ninguna manera que volvieran a rechazarlo.

–Espera aquí –dijo antes de marcharse.

Capítulo 12

AZIZ se separó de Olivia con la cabeza aún dándole vueltas por todo lo que había confesado y sentido. Y ahora iba a llegar Khalil.

—Podría ser algo positivo —dijo Malik en voz baja.

Él se encogió de hombros.

—O una simple declaración de intenciones —Khalil podría pedirle que convocara el referendo. La gente lo apoyaba, y diría a Aziz que dejara a la gente decidir.

Y tal vez lo hiciera. Tal vez fuera estúpido aferrarse a un título que nadie quería que tuviera. Si no se había ganado el cariño de su padre, ¿cómo iba a ganarse el del país?

Pero Olivia creía que lo conseguiría.

Media hora después, duchado y vestido con pantalones oscuros y camisa, Aziz se adentró en los elegantes confines de las salas de palacio más pequeñas para recibir visitas. Podría haber tenido un comportamiento ceremonioso y haberse sentado en el trono de oro y plata, pero esa táctica le pareció lamentable. Él se hallaba por encima de aquello; o eso esperaba.

No había vuelto a ver a Olivia desde que Malik lo había ido a buscar al dormitorio. Pensaba en ella y recordaba cómo lo había atraído hacia sí, cómo lo había abrazado, lo bien que se sentía. Sabía que ella estaba a punto de decirle algo cuando entró Malik, algo que probablemente él no deseara oír porque haría que la quisiera aún más.

La amaba, pero tenía mucho miedo de decírselo. Si eso era ser cobarde, le daba igual. No podía arriesgarse a entregar su corazón de nuevo.

Era mejor así, se dijo; era mejor enfrentarse a Khalil solo y no expresar sus sentimientos, que acabarían por desaparecer. Aprendería a dejar de sentir lo que sentía por Olivia.

Esa idea lo hizo agonizar.

Oyó a lo lejos el ruido de las aspas de un helicóptero y miró a Malik.

—Ve a recibirlo, Malik. Te espero aquí.

Malik asintió y Aziz deambuló por la sala mientras esperaba a que llegara el hombre al que había considerado su hermanastro.

Cinco interminables minutos después, llamaron a la puerta.

—Adelante —dijo con el corazón golpeándole el pecho.

La puerta se abrió y apareció Khalil, seguido de Malik. Khalil se mostraba orgulloso, pero no había ira en sus ojos. Aziz se esperaba una actitud rebelde, pero Khalil parecía sereno.

—Entra —Khalil avanzó unos pasos y Aziz miró a Malik—. Déjanos a solas.

Malik asintió y cerró la puerta dejando solos a los dos hombres. Ninguno habló durante unos tensos segundos.

Por fin, fue Aziz el que rompió el silencio.

—Había olvidado lo callado que eres.

Khalil enarcó una ceja.

—¿Te acuerdas de mí?

—Recuerdo que te conocí a los cuatro años.

—Eso fue unas semanas antes de que Hashem me desterrara.

—¿Ah, sí? —los recuerdos de Aziz eran borrosos—.

Supongo que tienes razón. ¿A qué has venido? ¿Qué has hecho con la reina Elena?

—Está a salvo.

—¿Dónde está? –la voz de Aziz sonó como el restallido de un látigo–. ¿No te das cuenta de que te expones a que te encarcelen por secuestro?

—Elena no me va a denunciar.

Aziz hizo una mueca.

—¿La has aterrorizado para que acceda a no hacerlo? ¿Con qué la has amenazado?

—Basta, Aziz. Lamento lo que hice.

—Me temo que no es suficiente.

—No espero que lo sea. Llevamos mucho tiempo siendo enemigos.

—Sigues sin decirme dónde está Elena.

—Me espera en Siyad –Khalil hizo una pausa–. Nos hemos casado.

—¡La has obligado!

—No.

Aziz se quedó callado durante unos segundos. Así que Elena lo había abandonado. ¿Lo sorprendía? Al fin y al cabo, él había hecho lo mismo.

—¿Cómo es que ha accedido a casarse contigo? –preguntó al fin con dureza–. ¿Se ha creído que tienes derecho al trono?

—Se lo creyó, igual que lo creía yo. Todo lo que he hecho se ha basado en la creencia de que era el heredero legítimo del trono de Kadar.

—Aunque no tenías lazos de parentesco con mi padre.

—Creí que los tenía.

Aziz lo miró asombrado.

—¿Cómo?

—Creí que los tenía –repitió Khalil–. Toda la vida he creído que Hashem me había desterrado porque os prefería a tu madre y a ti.

Aziz soltó una risa ahogada. ¿Que lo prefería a él? ¿No se daba cuenta Khalil de lo absurdo de semejante suposición?

–¿Y qué ha sucedido?

–Hace dos días me enteré de que Hashem no era mi padre. Mi madre tuvo relaciones con un guardia del palacio.

–¿Cómo te has enterado?

–Me lo contó la hermana de mi madre. Me lo ocultó durante años porque no quería empañar la memoria de mi madre. Pero, cuando vio que había... que había encontrado a Elena, creyó que habría cambiado y que podría saberlo y aceptarlo.

–Que habías encontrado a Elena... ¿Qué significa eso exactamente, Khalil?

–Nos queremos.

–Entiendo.

–Elena ha hecho que me dé cuenta de que en la vida hay mucho más que la fría ambición. Toda mi vida ha estado orientada a reclamar mi derecho al trono por nacimiento. Pero acepto que el trono no es mío, que nunca lo ha sido. Renuncio a reclamarlo.

Aziz se dijo que debiera sentir algo: alegría, alivio, satisfacción... Algo. Sin embargo, no sentía nada. Se sentía vacío.

–¿Crees que es así de sencillo? ¿Que renuncias al trono y todo se vuelve fácil?

–No, nada en este asunto es sencillo.

–Más de la mitad del país te apoya –afirmó Aziz–. Si convocáramos el referendo ahora mismo, lo ganarías, tengas o no derecho al trono.

–Puede ser. Pero llevo seis meses recorriendo el desierto buscando apoyos. Tú ni siquiera estabas en Kadar.

Aunque Khalil había hablado en tono neutro, Aziz percibió la acusación, incluso el desprecio.

–¿Así que «el caballero playboy» ha estado de juerga por Europa? ¿Es eso lo que insinúas?

–Si tú no me dices lo contrario...

–¿Y por qué iba a hacerlo? No te debo nada, ni siquiera una explicación.

–Supongo que no. Siento haber secuestrado a Elena y haberte puesto las cosas más difíciles.

–¿Y debo limitarme a aceptar tus disculpas? –preguntó Aziz con incredulidad.

–Probablemente no, pero no sé qué más puedo hacer. Eres el legítimo jeque, Aziz. Yo me he pasado la vida creyendo que no lo eras. Sin embargo, ahora lo reconozco y espero que podamos trabajar juntos por el bien de Kadar, aunque entenderé que creas que no podemos hacerlo.

Aziz recordó las palabras de Olivia: «Lo que me importa es que te afecta. Puede que haya una forma de poner punto final a este conflicto, de hallar la paz, no solo por Kadar, sino también por Khalil y por ti».

Le parecía imposible, pero Olivia creía que podía ocurrir. Creía en él y en su capacidad de superar el pasado.

–Mi vida ha sido un infierno por tu causa –le espetó a Khalil.

Khalil lo miró sorprendido.

–¿Que tu vida ha sido un infierno? Yo me pasé tres años en el desierto apaleado como un perro.

–¿Qué? Te fuiste a Estados Unidos...

–Eso fue cuando mi tía me encontró. Hashem me había mandado al desierto, con la tribu de mi madre. El jeque de la tribu me odiaba y me lo demostraba todos los días.

Igual que Hashem había hecho con él, pensó Aziz.

–Lo siento, no lo sabía.

Khalil soltó una carcajada.

–¿Creías que vivía rodeado de lujos en Estados Unidos?

–Tú suponías que yo vivía como un príncipe mimado.

–Hashem te eligió a ti, te nombró su heredero, así que...

–Así que... ¿de qué me quejo? –preguntó en voz baja. Ambos se quedaron callados durante unos tensos segundos.

–¿Por qué era un infierno tu vida, Aziz? –preguntó Khalil, por fin.

–Aunque mi padre te desterrara del palacio, nunca lo hizo de su corazón. Te quería, Khalil –se dio cuenta de lo mucho que este necesitaba oírlo–. Siempre te quiso. Supongo que te desterró porque pensó que no tenía más remedio, pero en su corazón tú eras su verdadero hijo, no yo.

–Pues tuvo una forma peculiar de demostrarlo.

Aziz asintió. Su ira se estaba disipando y solo se sentía triste y cansado.

–¿De verdad esperas que me crea que Hashem me quería cuando me entregó a un hombre como Abdul Hafiz y dejó que me pegara, me matara de hambre y me avergonzara durante tres años?

–No lo estoy defendiendo. No sé por qué lo hizo. Tal vez la ira venciera al amor. Tal vez no supiera qué hacer con su desengaño. O tal vez fuera lo que siempre me pareció: un canalla cruel y sádico.

–Puede que lo fuera. Sin embargo, si tanto me quería, podría haberme aceptado y buscado un sitio para mí.

–Lo sé. Ir a vivir al palacio y convertirme en su heredero fue lo peor que me pudo haber pasado.

–Siempre que pensaba en ti –dijo Khalil negando lentamente con la cabeza–, me imaginaba un príncipe mimado, adulado por todos y al que complacían en sus más mínimos deseos.

Aziz se rio.

—Eso dista mucho de la verdad.

—Así que los dos sufrimos.

—Sí. Hashem tendría que responder a muchas cosas.

—Pero no está aquí para pagar por ello. Nosotros sí —se quedaron callados, pero Aziz percibió que la tensión que existía entre ambos había disminuido. No sabía qué clase de relación podría tener con Khalil, pero sí que ya no era su enemigo.

Olivia lo había ayudado a darse cuenta, lo había cambiado y lo había hecho desear seguir adelante. Lo había hecho amar.

—Déjame ayudarte y ayudar al país —dijo Khalil en voz baja—. Juntos, podremos reparar el daño que Hashem causó a Kadar. Podemos unir a la gente...

Aziz lo contempló con una mezcla de escepticismo y esperanza.

—¿Cómo?

—Contándole la verdad. Estando unidos nosotros dos. Eres el jeque legítimo, Aziz, y lo acepto.

—A pesar de que no quieres hacerlo.

—No tengo la libertad de satisfacer mis deseos. Se me hace difícil aceptar que no tengo derecho al trono. Necesito tiempo.

—¿Y Elena?

—Nos queremos. Ha aceptado que no seré jeque, aunque sí lo soy de la tribu de mi madre y, como tal, te rindo homenaje.

Ante la sorpresa de Aziz, Khalil hincó una rodilla en tierra e inclinó la cabeza. A Aziz se le llenaron los ojos de lágrimas y parpadeó varias veces.

—Levántate —dijo con voz ahogada.

Khalil lo hizo.

–Has hechizado a media Europa, Aziz, así que puedes ganarte el afecto del pueblo de Kadar.

–Gracias por tu voto de confianza –pero Aziz sabía que se había ganado el afecto de los europeos no siendo él mismo, adoptando un papel del que estaba cansado. Y cuando la gente supiera la verdad...

Olivia la sabía. Aziz le había contado sus tristes secretos y ella seguía allí, apoyándolo.

«¿Queriéndolo?».

¿Era eso lo que ella iba a haberle dicho? ¿Acaso sentía por él lo mismo que él por ella?

¿Podía arriesgarse a desnudar su alma a otra persona, a rogarle que lo quisiera?

–Habrás oído que yo también me he casado.

–Sí.

–Puesto que no ha sido con Elena, puede que al pueblo le cueste aceptar a mi esposa.

–Depende de ti demostrarle su capacidad.

Olivia la tenía, desde luego. Era una persona tranquila, fuerte y digna, con un gran corazón. Al principio, él no se había dado cuenta, cuando era su fría y capaz ama de llaves. Pero ahora lo sabía y estaba orgulloso de ella. Sería una reina excelente.

–Puedes hacer todo esto solo, pero sería un honor para mí ayudarte –dijo Khalil.

Aziz lo miró durante unos segundos y, después, asintió y le tendió la mano.

El pasado estaba perdonado, al menos en parte. Tenía que agradecérselo a Olivia.

Debía decírselo, eso y muchas otras cosas, si reunía el valor suficiente.

Habían pasado dos horas desde que Aziz se había marchado del dormitorio. Ya era de noche. Olivia había estado mirando las estrellas con la mente en blanco, al principio; después, bulléndole de preguntas y de miedo.

Se había vestido y Mada le había llevado algo de comer. Después de tomarse una ensalada, se había sentado en el borde de la cama, abrazada a una almohada.

Recordó que, en su última conversación, Aziz se había mostrado frío y reservado. Ella hubiera querido estar con él y apoyarlo en su encuentro con Khalil, pero él no había querido. Apretó la almohada con fuerza y vertió las primeras lágrimas. Tal vez debiera darse por vencida y admitir la derrota. Aceptar lo que Aziz le ofrecía o vivir separados, si a ella la hacía sufrir esa clase de relación.

O podría decirle que lo amaba.

La idea la llenó de terror. ¿Qué pasaría si él le decía que no la amaba?, ¿si se quedaba horrorizado? Tal vez ella cayera en el mismo estado de desesperación que cuando había perdido a Daniel.

Oyó que la puerta se abría y se volvía a cerrar y alzó la vista. Aziz la miraba con una expresión inescrutable. Olivia tragó saliva.

–¿Qué ha pasado? –susurró mientras Aziz caminaba lentamente hacia la ventana y le daba la espalda.

–Khalil ha renunciado al trono.

–¿Que ha renunciado? Es una buena noticia, ¿no? –preguntó ella, ya que Aziz no parecía muy contento.

–Muy buena. Siempre había creído que era el legítimo heredero. No sabía que su madre le había sido infiel a su padre. Se enteró ayer. Se lo contó su tía. No habrá guerra ni referendo. Quiere apoyarme en el gobierno del país –Aziz seguía dándole la espalda.

Olivia lo miró confusa y, después, cayó en la cuenta de que, al tener el trono asegurado, podía poner fin a su matrimonio. Al fin y al cabo, él le había dicho que no quería casarse.

—¿Quieres anular el matrimonio?

—¿Anularlo? —Aziz se volvió hacia ella—. ¿Es eso lo que quieres, Olivia?

—Te lo pregunto porque estás muy raro, Aziz. Además, para empezar, no deseabas casarte.

—Así es, no quería.

—Entonces... —ella extendió las manos. No quería ser la que pronunciara las palabras. No quería ofrecerle una salida. Unas horas antes había pensado decirle que lo amaba, que deseaba más, no menos.

Lo seguía deseando.

—¿Entonces...? —repitió él—. ¿Quieres que te libere de tus votos matrimoniales? ¿Es eso? —alzó la voz, lo cual los sorprendió a los dos.

—¡Creí que eras tú el que lo quería! —gritó ella—. Dime lo que quieres, Aziz.

Él la miró emocionado, con los ojos llenos de una angustia que ella no entendió.

—Quiero que me quieras —susurró—. Nunca creí que volviera a rogar a alguien que me quisiera.

—No tienes que rogarme.

—Pero después de dejarte para ver a Khalil me di cuenta de cuánto deseaba que estuvieras conmigo, de cuánto te amaba.

—¿De verdad? —preguntó ella conteniendo las lágrimas.

—Sí. Te quiero, Olivia. Llevo luchando contra ese sentimiento desde que llegaste a Kadar o puede que incluso desde antes. Tal vez desde que me empecé a hacer preguntas sobre ti, sobre la mujer de la risa maravillosa que tocaba el piano de un modo que me hacía llorar y cantar a la vez. Pero no quería reconocerlo porque me daba miedo volver a sentirme rechazado.

Olivia trató de hablar, pero él continuó haciéndolo muy deprisa.

–No espero que me correspondas, no pido un milagro. Pero necesitaba decírtelo y espero... –la voz se le quebró antes de continuar–. Espero que, con el tiempo, puedas sentir lo mismo que yo, al menos en cierta medida.

Una lágrima se deslizó por la mejilla de Olivia al darse cuenta de lo mucho que Aziz se arriesgaba por ella. Le había dicho que la amaba sin saber si lo correspondía, sin esperar que ella lo quisiera como él la quería.

–¿Es eso pedir mucho? –susurró él–. Sé que has sufrido, Olivia, pero quiero ayudarte a superar el dolor en la medida de lo posible. No voy a minimizar lo mucho que te afectó perder a Daniel, pero...

–Aziz –Olivia sonrió entre lágrimas mientras se dirigía hacia él–. Deja de hablar. Te quiero. Deseaba habértelo dicho antes, pero no tuve la oportunidad. La verdad es que temía que no quisieras oírlo y me daba miedo cómo me sentiría si me decías que no me querías.

Aziz la miraba como si se le escapara el sentido de sus palabras.

–Pero hace unos minutos me has preguntado si quería anular el matrimonio.

–Porque tenía miedo. No te lo conté todo sobre la pérdida de Daniel ni sobre lo mucho que me afectó –cerró los ojos durante unos segundos y volvió a oír la voz de su padre: «Haz lo que dice tu madre, Olivia, es lo mejor. Y ahora, vamos a dejarnos de cosas desagradables y toca el piano como en los viejos tiempos».

Como si ella no le acabara de haber abierto su corazón y suplicado que la ayudara y la apoyara.

Era ese miedo, el recuerdo de lo dolorida y destrozada que se había sentido después de haber abierto su corazón a su padre, lo que la había impedido confesarle su amor a Aziz. Pero ahora le diría todo.

—Le conté a mi padre lo de Daniel. Le rogué que me apoyara, más o menos como tú le rogaste al tuyo que te quisiera, Aziz. Y mi padre, mi adorado padre, me dio la espalda. No quiso saber nada. Ni siquiera se dignó a mirarme. Y, cuando le suplique que me ayudara a quedarme con el niño, me dio unas palmaditas en la cabeza y me dijo que hiciera lo que quería mi madre —se le quebró la voz—. Y, después, me pidió que tocara el piano para él. ¿Y sabes lo que hice? —concluyó con amargura.

—Tocar el piano —dijo Aziz con voz suave. Ella asintió—. Es lo que yo hubiera hecho, lo que hice intentando constantemente complacer a alguien que no me quería, intentando ganarme su amor —Aziz la atrajo hacia sí, la abrazó y ocultó el rostro en su cabello—. Cuando me has preguntado si quería anular el matrimonio, me ha parecido que me arrancaban el corazón. Estaba tratando de reunir el valor para decirte que te quería.

—Y has creído que yo no quería seguir casada contigo. Lo siento, Aziz.

—Ambos hemos dejado que antiguos miedos y pesares controlen nuestro comportamiento —afirmó Aziz abrazándola estrechamente—. Pero eso se ha acabado. Vamos a empezar de nuevo, Olivia.

—Lo deseo con toda el alma.

Él tomó su rostro entre las manos y la miró.

—Dime qué sucedió después de que se lo contaras a tu padre.

—Hice lo que me dijo. Fui a la clínica y renuncié al bebé. Después fui a la universidad como si no hubiera pasado nada —aún recordaba lo irreal que la había resultado ir a clase y hacer trabajos como si su mundo no se hubiera hundido. Seguía teniendo leche tres semanas después de haber dado a luz. Estaba aturdida y fingía que estaba bien y que todo era normal–. Cuando volví a casa por Navidad, mis padres se comportaron como si nada hubiera pasado. Tal vez ni siquiera fingieran, sino que creyeran que era así.

–La gente cree lo que quiere creer. Me dijiste que sabías que era así. ¿Estaban pensando en ellos?

–Sí –Olivia se estremeció–. Al final de las vacaciones navideñas tomé el tren para ir a la universidad, pero, al llegar a la parada, no me bajé. Continué el viaje hasta la última parada, una ciudad venida a menos de la costa. Trabajé en una pensión durante un tiempo; después, fui de un lado a otro durante años, limitándome a sobrevivir e intentando no sentir.

–Pero ahora sientes.

–Sí, gracias a ti. Eres un príncipe azul que me ha despertado con un beso.

Él la besó con dulzura.

–Y tú me has despertado a mí, Olivia. Me has quitado la máscara y has evitado que siguiera escondiéndome y que continuara teniendo miedo. Y has creído en mí cuando ni siquiera yo lo hacía.

–¿Crees ahora en ti, Aziz? Porque sé que serás un buen gobernante. Cuando llegué a Kadar, Malik me dijo que no confiabas en que el pueblo te apoyara. Pero me he dado cuenta de que se debe a que no le has dado la oportunidad de hacerlo.

–Me da miedo.

–Pues tienes que dársela. Creo que te sorprenderá su reacción.

Él se llevó su mano a los labios y la besó.

–Contigo a mi lado, me siento capaz de hacer cualquier cosa.

–Puedes hacerlo. Podemos –afirmó ella al tiempo que se ponía de puntillas para besarlo.

Sabía que, juntos, podrían hacer lo que se propusieran.

Epílogo

EL SOL entraba por las ventanas del palacio mientras Olivia se miraba en el espejo por última vez. Estaba nerviosa y emocionada a la vez. Habían pasado seis semanas desde su boda con Aziz e iban a aparecer de modo oficial en el balcón del palacio de Siyad, junto con Khalil y Elena.

En cuanto se hubieron marchado del palacio de la costa, Aziz había mandado un comunicado a la prensa para anunciar las novedades. Había habido algunos susurros y cejas enarcadas, pero, por suerte, las cosas comenzaban a asentarse. Cuando la gente se había dado cuenta de que Olivia y él se amaban, al igual que Khalil y Elena, se había quedado encantada.

Aziz había nombrado a Khalil su consejero personal y ambos habían recorrido Kadar visitando las tribus del desierto y sembrando lealtad y apoyo en vez de discordia.

El país se estaba uniendo y haciéndose más fuerte.

La puerta se abrió y entró Aziz sonriendo de manera abierta y sincera. Aunque ya no era el playboy de antes, su encanto seguía siendo irresistible, pero ya no era una máscara. Mostraba su verdadero yo, al igual que Olivia. Aziz la había ayudado a recobrar la esperanza y la alegría. Había sacado lo mejor de ella y la había hecho sentir de nuevo la alegría de vivir, por lo que siempre le estaría agradecida.

Juntos, se habían fortalecido mutuamente y formaban un todo.

–¿Estás lista? –preguntó él–. Nos esperan.

–¿Y Khalil y Elena?

–También nos esperan.

Olivia sabía que Khalil y Elena eran tan felices como Aziz y ella. Dividían su tiempo entre Talía y Kadar y, si Olivia no se equivocaba, pronto anunciarían la llegada de un futuro príncipe o una futura princesa. Igual que ella esperaba hacerlo algún día.

Agarró la mano de Aziz y salieron de la habitación para dirigirse al salón donde se hallaba el balcón principal del palacio. Khalil y Elena ya se hallaban allí y él le susurraba algo a ella. Elena sonrió y el corazón de Olivia se llenó de alegría por la felicidad que todos sentían.

Aziz y Khalil habían establecido una sólida relación laboral. Se habían convertido en aliados, tal vez en amigos; casi en hermanos, porque los unían muchas cosas, aunque no tuvieran lazos de parentesco.

Y a Olivia le caía bien Elena. Se habían hecho amigas.

–¿Listos? –preguntó Aziz. Todos asintieron. Olivia notó la expectación que había en el salón y la tensión que experimentaba Aziz. Era la primera vez que aparecerían juntos en público.

El patio del palacio estaba atestado de gente y el ruido era ensordecedor. Olivia se dio cuenta de que la gente cantaba, pero tardó unos segundos en entender lo que decían.

«¡Jeque Aziz! ¡Jeque Aziz!».

Se volvió hacia su esposo con una sonrisa radiante.

–Te quieren –le dijo en voz baja. Él le sonrió.

–Nos quieren a los dos. ¿Vamos a complacerlos? –ella asintió y Aziz la atrajo hacia sí para darle un beso de agradecimiento y de promesa de futuro, el beso más dulce que ella había recibido.

A su lado, Khalil y Elena sonreían y saludaban con la mano a la multitud.

Aziz se separó de Olivia y, con el corazón en los ojos, la agarró fuertemente de la mano mientras se volvía para dirigirse a su pueblo.

Bianca

**No podía haber resistencia...
solo una rendición total**

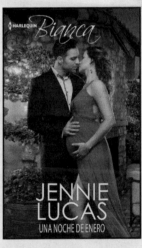

UNA NOCHE DE ENERO

JENNIE LUCAS

La noche sin remordimientos de la camarera Belle Langtry con el despiadado playboy Santiago Velázquez no debería haber sido más que un pecaminoso y placentero recuerdo. Hasta que descubrió que el destino tenía otros planes y se encontró esperando el hijo que no había creído posible.

Santiago había rechazado la noción de la paternidad mucho tiempo atrás, por eso la noticia de Belle fue tan asombrosa. Podría negarse a confiar en ella, pero no iba a dejar que le robase el derecho de ser padre. ¿Su plan? Atar a Belle con un anillo de compromiso y esclavizarla con sus caricias.

Acepte 2 de nuestras mejores novelas de amor GRATIS

¡Y reciba un regalo sorpresa!

Oferta especial de tiempo limitado

Rellene el cupón y envíelo a
Harlequin Reader Service®
3010 Walden Ave.
P.O. Box 1867
Buffalo, N.Y. 14240-1867

¡Sí! Por favor, envíenme 2 novelas de amor de Harlequin (1 Bianca® y 1 Deseo®) gratis, más el regalo sorpresa. Luego remítanme 4 novelas nuevas todos los meses, las cuales recibiré mucho antes de que aparezcan en librerías, y factúrenme al bajo precio de $3,24 cada una, más $0,25 por envío e impuesto de ventas, si corresponde*. Este es el precio total, y es un ahorro de casi el 20% sobre el precio de portada. !Una oferta excelente! Entiendo que el hecho de aceptar estos libros y el regalo no me obliga en forma alguna a la compra de libros adicionales. Y también que puedo devolver cualquier envío y cancelar en cualquier momento. Aún si decido no comprar ningún otro libro de Harlequin, los 2 libros gratis y el regalo sorpresa son míos para siempre.

416 LBN DU7N

Nombre y apellido	(Por favor, letra de molde)
Dirección	Apartamento No.
Ciudad	Estado	Zona postal

Esta oferta se limita a un pedido por hogar y no está disponible para los subscriptores actuales de Deseo® y Bianca®.
*Los términos y precios quedan sujetos a cambios sin aviso previo.
Impuestos de ventas aplican en N.Y.

SPN-03   ©2003 Harlequin Enterprises Limited

Deseo

¿Sería la noticia de su embarazo un acorde equivocado o música para sus oídos?

CANCIÓN PARA DOS
CAT SCHIELD

Mia Navarro, una joven dulce y callada, se había pasado la vida a la sombra de su hermana gemela, la princesa del pop, pero una aventura breve y secreta con Nate Tucker, famoso cantante y productor musical, lo cambió todo: Mia se quedó embarazada. Sin embargo, ella no lograba decidir si debía seguir cuidando de la tirana de su hermana o lanzarse a la vida que llevaba anhelando tanto tiempo. Y cuando por fin se decidió a anteponer sus necesidades, hubo de enfrentarse a algo aún más complicado.

Bianca

¡Estaba prisionera en el paraíso!

COMPROMETIDA Y CAUTIVA

CATHY WILLIAMS

Una de las empleadas de Lucas Cipriani poseía información que podría arruinar una adquisición empresarial vital… ¡Y estaba furioso! El único modo de manejar a la tentadora Katy Brennan era retenerla como prisionera en su yate durante quince días, apartada del mundo hasta que se cerrara el trato…

Katy estaba enfurecida con la actitud despótica de su multimillonario jefe… pero, a su pesar, también se sentía intrigada por el guapísimo ejecutivo. Una vez a solas con él y a su merced, Lucas empezó a permitir que Katy viera más allá de su férreo exterior. Pronto se vio sorprendentemente dispuesta a vivir una aventura prohibida… ¡y renunciar a su inocencia!